*Mae unrhyw debygrwydd rhwng Yr Ynys
ac ynysoedd y mynyddoedd cribog,
Spitsbergen, yn gwbl fwriadol.*

it should b

af syda

YR S

PILLS

YMA: YR YNYS

LLEUCU ROBERTS

Gyda diolch i Rhian Davies o Ysgol y Preseli,
Osian Higham o Ysgol Bro Edern, Ceris James o Ysgol Bro Myrddin
ac Esyllt Maelor am eu sylwadau gwerthfawr.

Argraffiad cyntaf: 2017
© Hawlfraint Lleucu Roberts a'r Lolfa Cyf., 2017

Cynllun y clawr: Sion Ilar

Rhif Llyfr Rhyngwladol: 978 1 78461 503 1

Ariennir yn rhannol gan Lywodraeth Cymru fel rhan o'i rhaglen
gomisiynu adnoddau addysgu a dysgu Cymraeg a dwyieithog.

Cyhoeddwyd ac argraffwyd yng Nghymru
ar bapur o goedwigoedd cynaliadwy gan
Y Lolfa Cyf., Talybont, Ceredigion SY24 5HE
e-bost ylolfa@ylolfa.com
gwefan www.ylolfa.com
ffôn 01970 832 304
ffacs 01970 832 782

1

Pan gyrhaeddodd Cai, caeodd Gwawr y drws ar ei ôl: roedd gan weddill y fflat glustiau. Roedd hi wedi dechrau teimlo'n ddiweddar fod pawb yn gwybod busnes pawb, ac weithiau teimlai fel pe bai'r waliau'n cau i mewn arni.

'Gest ti fe?' sibrydodd wrtho.

Ciciodd Cai'r wal i ryddhau'r eira oddi ar waelod ei esgidiau. Roedd diffyg amynedd ei ffrind yn gwneud iddo fod eisiau oedi cyn dweud wrthi, ei chadw ar bigau'r drain.

'Ateb fi!' sibrydodd Gwawr yn uwch drwy ei dannedd.

Ar y llaw arall, meddyliodd Cai, fentrai e ddim ei chadw i aros yn rhy hir. Gwenodd arni.

Taflodd Gwawr ei breichiau am ei wddf, a thynnu'n ôl wedyn wrth gofio bod y trysor yn y bag oedd gan Cai o dan ei got.

'Bydda'n ofalus,' mwmiodd Cai. 'Dwi'm yn siŵr pa mor saff yw'r caead.'

Estynnodd y potyn boliog gwydr brown yn ofalus o'r bag lledr ar ei ysgwydd a'i osod ar y bwrdd. Cododd ias o ofn ar Gwawr; beth petai ei mam neu un o'i brodyr yn camu i'r stafell yn ddirybudd? Safodd rhwng y drws a'r bwrdd rhag ofn, a llygadu'r potyn dieithr.

'Welodd neb ti?'

'Fysen i'n sefyll fan hyn os bysen nhw wedi?'

Mentrodd Gwawr at y potyn brown. Edrychodd ar Cai, a nodiodd hwnnw i'w hannog. Cododd ei llaw at y caead melyn a'i droi'n araf, gan sadio'r potyn â'i llaw arall rhag colli diferyn.

'Gofalus…'

Teimlodd Gwawr y cynnwrf yn ei bol.

'Gwawr?' galwodd ei mam o'r gegin.

Rhewodd y ddau am eiliad, cyn i Cai ddadebru digon i afael yn y potyn a chau'r caead yn dynn. Cododd a'i roi yn ei fag, a bron cyn i Gwawr sylweddoli beth oedd yn digwydd, roedd e wedi cau llabed y bag lledr a'i wasgu o'r golwg dan ei got. Doedd y potyn fawr mwy na maint cwpan go fawr, a chuddiai cot Cai ei siâp yn llwyr o dan ei blew.

Agorodd y drws a daeth mam Gwawr i mewn gyda'r babi yn ei breichiau a Rhys wrth ei sodlau.

'Plis, Gwawr!' plediodd â'i phlentyn hynaf. 'Ma'r tatws heb eu golchi ac mae angen nôl coed…' Disgynnodd ei llygaid ar y carcas blewog ar y bwrdd. 'Ti'n dal heb ddechre blingo'r ci 'na?!'

Glaniodd llygaid euog Gwawr ar gorff yr anifail. Byddai'n rhaid i'r gwirod aros.

Roedd ei mam wedi troi ar ei sawdl eisoes i fynd i'r afael â'r nesaf mewn rhestr hir o orchwylion i gadw corff ac enaid ynghyd rhwng waliau'r fflat yng nghanol gaeaf.

Gwenodd Gwawr ar Cai – roedd y bachgen wedi gwneud yn well nag y byddai wedi'i ddychmygu.

'Heno?' geiriodd arno.

2

Teimlai Gwawr y gwaed a'r baw'n cramennu ar ei dwylo ac o dan ei hewinedd. Blingo oedd y dasg roedd hi'n ei chasáu fwyaf o'r cyfan. Câi ei mam-gu gig wedi'i flingo'n barod gan y Llu, ond roedd ei mam wedi penderfynu mai gwastraff adnoddau oedd disgwyl i'r Llu ymroi i baratoi bwyd, a hwythau'n berffaith abl i wneud hynny drostyn nhw eu hunain. Hawdd y gallai hi ddweud hynny, meddyliodd Gwawr yn bwdlyd. Teimlai Gwawr mai hi oedd yn gwneud yr holl waith caled yn y fflat y dyddiau hyn, a'i mam a'i thad yn rhy brysur yng nghyfarfodydd y Cyngor i feddwl am bethau bach dibwys fel bwyta.

Cododd o'i chadair i agor y ffenest. Gwell ganddi oerfel nag aroglau'r cnawd a ddôi i'r golwg o dan groen yr anifail. Roedd Rhys yn ei gwrcwd wrth ei thraed yn canu 'MiwelaisJacyDo' rownd a rownd nes daeth awydd ar Gwawr i anelu cic ato, er na fyddai'n breuddwydio gwneud hynny go iawn i'w brawd bach.

Doedd dim lle yn y fflat i wneud y cyfan roedd angen ei wneud rhwng codi yn y bore a mynd i'r gwely yn y nos. Weithiau, teimlai Gwawr fod y tair stafell yn llai byth pan oedd ei brodyr yn rhedeg o gwmpas yn swnllyd, a'i mam a'i thad yn dod â holl orchwylion y dydd dan do fel roedd yn rhaid iddyn nhw ei wneud dros fisoedd y gaeaf. Ni châi eiliad iddi hi ei hun.

Ar adegau felly, byddai'n dda ganddi pe bai ganddi chwaer i rannu cyfrinachau â hi, ond fel yr oedd hi rhaid oedd aros am ymweliadau Cai, neu am gyfle i fynd draw ato yntau. Dim ond un brawd oedd gan Cai. Yn aml iawn, cenfigennai Gwawr at yr holl le oedd gan deulu ei ffrind yn eu fflat nhw.

Daliodd ei hun yn gwenu mewn ymateb i'w meddyliau: pam oedd hi'n galaru am y chwaer na chafodd erioed, a hithau'n gwneud fawr ddim â'r merched eraill yn ei dosbarth yn yr ysgol? Cai oedd ei ffrind go iawn, a hynny er pan oedd y ddau ohonyn nhw'n fach, yn chwarae rhwng coesau eu mamau. Roedd Cai yn fwy o ffrind na'r lleill i gyd gyda'i gilydd, yn fwy na brawd, hyd yn oed. Yn llawer mwy na brawd.

Llaciodd y croen ar ystlys y ci â'i chyllell, cyn bwrw iddi i'w dynnu oddi ar y cnawd â bôn braich. Byddai gofyn ei ddiberfeddu a'i dorri'n ddarnau haws i'w coginio, cyn ei osod yn y cwpwrdd eira y tu allan i'r drws i'w gadw tan y byddai ei angen.

'Isie pi-pi!' dechreuodd Rhys nadu, gan godi ei hun ar ei draed drwy afael yn ei choes.

Taflodd Gwawr gipolwg arno: doedd e ddim yn gwisgo'i glwt.

'Pam nad oes clwt am ben-ôl y babi 'ma?' gwaeddodd, yn ddigon uchel i weddill trigolion y fflat glywed. 'Mae e'n dweud ei fod e isie piso.'

'Os yw e'n dweud ei fod e isie pi-pi, does 'na'm angen clwt,' gwaeddodd ei mam yn ôl o'r ochr arall i'r pared. 'Ac nid Rhys yw'r babi, ma gan y babi glwt.'

Ateb i bob dim, dyna'i mam. Doedd ryfedd ei bod hi'n un o aelodau mwyaf blaenllaw Cyngor yr Ynys.

'Alla i ddim ei godi, ma 'nwylo i'n waed i gyd!' protestiodd Gwawr.

Clywodd Gwawr ei mam yn hysio am y pared â hi, a daeth Ifan drwy'r drws. Gafaelodd yn llaw Rhys i'w hebrwng i'r carthdy. Rhoddodd wên i Gwawr wrth basio. Un hawddgar oedd Ifan, un mwynach na Lleu, nad oedd ond ddwy flynedd yn iau na hi.

Lleu yn ddeuddeg, Ifan yn ddeg, Gwion yn wyth. Cylch ffrwythlondeb dwyflynyddol, meddyliodd Gwawr, y canllaw diweddaraf gan Gyngor yr Ynys, cyfarwyddyd nad oedd fawr neb bellach yn glynu ato'n ddeddfol. Cynnal twf poblogaeth iach heb bwyso'n ormodol ar y galw am adnoddau, dyna'n unig oedd ei bwrpas. Bwlch wedyn lle byddai Alun yn chwech, pe bai e wedi byw. A bwlch arall i'w thad a'i mam wynebu salwch Alun ac i ymgynefino â'u galar o'i golli cyn geni Rhys, a oedd bellach yn ddwy, ac Efan yn ddeufis.

Cnwd go iach, er ei fod yn siomedig o wrywaidd. Buan iawn y dôi ei hamser hi i genhedlu, a doedd Gwawr ddim yn awyddus i feddwl am bethau felly. Teimlai gywilydd wrth feddwl pa mor amharod oedd hi i wynebu ei gorchwyl i blanta, i gynnal parhad yr Ynys. Yn nyddiau ei mam-gu, a'i mam a'i mam-gu hithau, yn nyddiau Mam Un, golygai hynny bopeth: nid oedd ystyr i ddim byd heblaw'r ddyletswydd, yr orfodaeth, i blanta. Dal i fynd. Mor ddiweddar â'r adeg pan oedd ei mam-gu'n ffrwythlon, y ddelfryd oedd geni plentyn yn flynyddol.

Ers i'r ddaear ddechrau llyfu ei chlwyfau ar ôl dioddef yn hir, daeth bywyd yn haws; tynerodd yr hinsawdd, gwanychodd y gwenwyn a arferai orwedd amdani fel amdo. Dechreuodd pobl weld y tu draw i'r canser, a meiddio gobeithio; gwawriodd yn raddol ar drigolion yr Ynys eu bod bellach yn byw fel pe na bai clogyn du marwolaeth yn hofran dros welyau plant a gwragedd beichiog a phob bod meidrol arall. Doedd Gwawr ddim yn cofio'r adeg pan oedd peswch yn llawer gwaeth na dim ond peswch, pan oedd bywyd yn ddim mwy na chyfarfyddiad dros dro a'r angen i fagu yn ysfa gryfach na'r un arall.

Cododd Gwawr y gyllell fawr oddi ar y bachyn y tu ôl i'r drws. Roedd hi'n gyfarwydd â diberfeddu anifail a thoriadau cig ers i'w mam ei dysgu sawl blwyddyn yn ôl bellach. Darnau triphryd i deulu o wyth – neu chwech, gan mai llaeth ei mam oedd y tanwydd i'w dau frawd ieuengaf o hyd. A gofalu cadw pob tamaid o gig y pen, y coesau a'r gynffon ar gyfer y cawl tridiau anorfod a oedd yn troi stumog Gwawr wrth feddwl amdano.

Beth fyddai Mam Un a'r bobl gyntaf wedi ei wneud o'r moethusrwydd roedd pobl yr Ynys yn byw ynddo bellach? meddyliodd Gwawr. Roedden nhw wedi dechrau astudio geiriau Mam Un yn yr ysgol, a daliai Gwawr ei hun yn troi cynnwys y Dyddiadur hwnnw yn ei meddwl. Rhyfeddai at gryfder ei chynfamau a'i chyndadau, ac at y fath galedi y bu'n rhaid iddyn nhw ei wynebu bob un awr o'u hoes.

Wrth iddi osod y perfeddion mewn rhwyd i'w rhewi a chlirio'r sbwrielach a'r blew oddi ar y bwrdd, sylweddolodd Gwawr ei bod hi wedi treulio'r rhan fwyaf o'i hoes fer yn teimlo'n euog.

Gosododd y cig ar goedyn yn barod i'w rewi, a chododd i fynd i olchi ei dwylo yn yr eira.

3

CAMODD GWAWR I mewn i'r bwtri a chaeodd Cai y drws yn dynn ar ei hôl. Roedd cannwyll ar y bwrdd yn taflu eu cysgodion i bob cilfach yn y stafell fach. Lledai pedair silff ar hyd y wal bellaf, lle cadwai teulu Cai eu bwydydd a'u llestri. Oddi tanynt roedd eu dogn o goed llosgi o'r blanhigfa a chist fawr bren lle cadwent eu cig hallt, wedi'i sodro ar gau dan ddwy garreg fawr.

'Ma cannwyll gymaint brafiach na thrydan,' meddai Gwawr. 'Llawer mwy byw rywsut.'

'Dim ond rhywun sy ddim yn gorfod byw yng ngolau cannwyll fyse'n dweud hynny,' meddai Cai.

Doedd cartref Cai byth wedi'i ailgysylltu â grid trydan yr Ynys ers i'r gwifrau fethu, ddegawdau'n ôl bellach.

'Ddwedest ti wrthyn nhw dy fod ti'n dod yma?' holodd Cai wedyn, gan dynnu ei got.

Doedd Gwawr ddim yn gallu penderfynu a oedd hi'n mynd i dynnu ei chot hi: lle oer ar y diawl oedd y bwtri – talpyn bach o stafell yn sownd wrth wal allanol fflat Cai. Gallai weld y cymylau a ddôi o'i cheg wrth iddi anadlu.

'Do. Lle arall fysen i'n mynd am saith y nos? Ma'r ddau yn y Cyngor ta beth. Ma Dad yn helpu gyda'r babi tra ma Mam yn trafod.'

'Dyna lle ma Dad hefyd,' meddai Cai, 'a Mam yn y Llyfrgell a Seimon yn y tŷ. Hei, anghofia amdanyn nhw. Estyn y cwpane.'

Estynnodd Gwawr ddau gwpan â'u hymylon yn doriadau trostynt oddi ar y silff a'u gosod o flaen Cai ar y bwrdd bach. Gan geisio peidio dangos ei fod yn bustachu dan eu pwysau, cododd Cai y ddwy garreg oddi ar y gist i wneud lle iddyn nhw eistedd.

Yna, yn ofalus, fel pe bai hi'n ddefod, estynnodd Cai am y potyn o dan ei got ac agor y caead melyn.

'Ma Erik yn dweud mai blas cawl perlysie wedi dechre troi sy arno fe,' meddai Gwawr. Cyd-ddisgybl iddyn nhw oedd Erik, ond roedd e eisoes wedi profi pob un o anturiaethau gwaharddedig glaslencyndod – meddai e, beth bynnag.

'Beth ma Erik yn wbod?!' hyffiodd Cai wrth arllwys y ddiod felen i'r ddau gwpan. 'Dyw'r Norwyaid ddim yn yfed gwirod.'

'Na'r Cymry,' meddai Gwawr yn swta.

Ac ni allai Cai ddadlau. Roedd Cyngor yr Ynys yn llawdrwm iawn ar y sawl a fentrai wneud gwirod cartref. Roedd hawl i fragu cwrw, wrth gwrs, ond gan fod burum wedi'i ddogni'n llym, a mwy o angen bara na chwrw ar y rhan fwyaf o drigolion yr Ynys, ychydig iawn a drafferthai fragu hyd yn oed. Ond roedd afradu tatws i greu gwirod, a oedd dipyn cryfach na'r cwrw, yn gallu arwain at orfod ymddangos gerbron y Cyngor a dioddef tafod lem yr aelodau – a thafodau mam Gwawr a thad Cai yn eu plith.

Teimlodd Gwawr y cynnwrf yn codi o'i hymysgaroedd.

Gadawodd i Cai godi ei gwpan yn gyntaf, cyn iddi hithau wneud yr un fath.

'Iechyd da fyddai'r hen bobl yn ei ddweud,' meddai Gwawr.

'Iechyd da, felly,' meddai Cai, gan ddal ei gwpan o flaen ei drwyn i'w arogli.

Nid fi yw'r unig un sy'n nerfus, meddyliodd Gwawr.

Mentrodd Cai gymryd sip: 'Mm, ddim yn ddrwg,' meddai. 'Ddim cawl perlysie wedi troi, yn bendant.'

'Oes peryg y gwelith dy dad-cu ei golli fe?'

'Ddim o gwbwl,' meddai Cai, gan fynd am sip arall. 'Ma ganddo lond hen fwced mawr ohono fe.'

O adnabod tad-cu Cai, ystyriodd Gwawr na fyddai llawer o wahaniaeth ganddo pe bai'n gwybod bod ei ŵyr yn yfed alcohol: byddai'n fwy dig ei fod wedi mynd â'i alcohol *e*. Deryn go frith – disgrifiad ei mam – oedd Morten, tad-cu Cai. Un a giciai yn erbyn y tresi, ond barnai Gwawr fod angen pobl felly, pe bai dim ond i ddangos bod yna dresi yno i gicio yn eu herbyn, mae'n debyg. Er, wyddai hi ddim beth oedd tresi chwaith, na beth oedd cicio yn eu herbyn yn ei olygu.

'Ma 'na rwbeth mawr yn cael ei drafod heno, medde Dad.' Sipiodd Cai ragor o'r gwirod.

'Trafod taith maen nhw,' meddai Gwawr. 'Dyna ddwedodd Mam.'

Ers wythnos, roedd ei mam wedi bod yn gweithio bob munud sbâr – yn y Llyfrgell, yn adeilad y Cyngor, yn y fflat. A phawb arall yn ceisio cysgu, roedd ei mam wedi bod yn gweithio yng ngolau'r tân tan berfeddion, a'r babi wedi'i glymu'n dynn wrth ei bron. Astudiai hen lyfrau'r Llyfrgell, llyfrau â mapiau ynddyn nhw, llyfrau â gwybodaeth am yr hen fyd a allai fod o fudd i'r teithwyr. Lluniai restrau o'r hyn roedd y gwyddonwyr ei angen – weiars, batris, injans a thanwydd wrth gwrs, er nad oedd fawr o obaith cael gafael ar hwnnw yn unman yn y byd bellach.

'Taith i ble'r tro hwn?' holodd Cai. Roedd ei dad eisoes wedi bod ar y tir mawr bum mlynedd ynghynt, yn rhan o'r Daith ddiwethaf. Roedd e'n dal i adrodd y straeon.

'Gorllewin Ewrop rywle tro 'ma,' meddai Gwawr.

'Wyt ti'n meddwl y byddan nhw'n mynd yn agos at yr hen wlad?' gofynnodd Cai.

Doedd Gwawr ddim wedi ystyried hynny. Doedd y peth ddim wedi croesi ei meddwl. Ond gan fod Cai'n lleisio'r cwestiwn, aeth ias drwyddi. Edrychodd arno, heb wybod beth i'w feddwl. Ers pan oedd hi'n ddim o beth, roedd yr hen wlad wedi meddiannu ei meddyliau effro, a'i breuddwydion yn y nos. Nid hi oedd yr unig un, wrth gwrs: dyna fel roedd hi. Pawb yn meddwl am yr hen wlad – heblaw'r Norwyaid, wrth gwrs. Norwy oedd eu hen wlad nhw, ac roedd dwy neu dair o deithiau wedi bod i'r fan honno'n barod ers i Cai a Gwawr gael eu geni.

Ond doedd neb wedi sôn am hen wlad Gwawr a Cai. Doedd neb wedi sôn am Gymru.

'Dwi'n ca'l gwbod dim gan Mam,' cwynodd Gwawr. 'Ma'r cyfan yn gyfrinach fawr.'

'Gawn ni wbod ar ôl heno,' meddai Cai. 'Dwi'n ca'l yr argraff fod hon yn mynd i fod yn daith fwy na'r lleill.'

'Bydd rhaid iddi fod, os y'n nhw'n meddwl cyrraedd Cymru.'

Agorodd Cai gaead y potyn.

'Ti 'di gorffen yn barod?'

Gwenodd Cai – ac ystyried ei hun yn dipyn o foi, yn amlwg, meddyliodd Gwawr. Arllwysodd gentimetr neu ddau i'w gwpan eto. A daeth y diawl i feddwl Gwawr wrth iddi lyncu gweddill ei diod hithau ar unwaith. Anwybyddodd y blas chwerw orau y gallai, a saethu ei braich i gyfeiriad Cai cyn iddo gael cyfle i ail-gau'r caead.

'Beth 'se Mam Un yn ei ddweud?'

'Be'n wir?' chwarddodd Cai. 'Lwcus ei bod hi wedi marw.'

Pwniodd Gwawr ei ystlys. Doedd hi ddim yn hoffi clywed neb yn lladd ar Mam Un.

'Be?' gofynnodd Cai. 'Mae'n wir. Ti'm yn credu ei bod hi'n clywed ni, 'sbosib.'

Doedd hi ddim – ac eto...

'Rhian oedd enw Mam Un,' meddai Cai, a'i dafod yn dew. 'Pam nag y'n ni byth yn galw Oskar yn Tad Un?'

Llinach y fam. Mam Un, wedyn Mam Dau oedd pob un o bedair merch Mam Un a gafodd blant, a Mam Tri oedd pob un o ddeg o ferched Mam Dau a gafodd blant... Mam Pump oedd mam Gwawr: 'Elain' i'w thad, 'Mam' iddi hi a'i brodyr, ond 'Mam Pump' wrth drafod yr achau, ac roedd gan bawb o'i chenhedlaeth hi o'r Cymry 'Fam Pump' – nid un person, wrth gwrs, ond mamau'r bumed genhedlaeth i gyd, 37 ohonyn nhw.

Cynhaliai'r Ynys bron ddwy fil o eneidiau, dros dri chant

a alwai eu hunain yn Gymry, a thros fil a hanner a alwai eu hunain yn Norwyaid, a rhai'n gyfuniad o'r ddau, er mai ar sail mamiaith y bodolai'r gwahaniaeth, nid ar sail gwaed, a oedd yn gymysg oll i gyd.

'Ar sail *mam*iaith ry'n ni'n pennu'n hunaniaeth,' meddai Gwawr yn ddifrifol iawn, gan ymdrechu'n galed i ynganu'r geiriau'n gywir.

Chwarddodd Cai wrth weld yr olwg ddifrifol ar ei hwyneb.

'Dwi o ddifri!' mynnodd Gwawr.

'Wyt. Lawer gormod. Wastad. Yn meddwl pethe'n dwll,' meddai Cai, a gwnaeth hynny i Gwawr chwerthin hefyd nes peri i chwys ymddangos ar ei thalcen a gwneud i'w hystlys wingo.

Sobrodd Cai damaid bach: 'Druan ag Oskar,' meddai, gan wneud i'r ddau chwerthin fel ffyliaid unwaith eto.

'Shsh!' meddai Gwawr. 'Rhag ofn i Seimon glywed.'

''Sdim syniad 'da Seimon beth yw alcohol!' meddai Cai. 'Fwy nag oedd gen tithe yn naw oed. Ac fe fydd e'n cysgu erbyn hyn ta beth.'

Yr eiliad nesaf, roedd y drws ar agor, a chwa o awyr rewllyd yn chwipio atyn nhw heibio i goesau Gwen, mam Cai, oedd ar ei ffordd yn ôl o'r Llyfrgell. Cariai fag plastig trwchus, yn llawn o lyfrau. Gwisgai got o flew'r cŵn coch a oedd mor ffasiynol ymhlith menywod ei hoed hi y dyddiau hyn.

'Beth dech chi'n neud fan hyn yr amser 'ma?'

Doedd gan yr un o'r ddau syniad faint o'r gloch oedd hi. Ac roedd y potyn ar y bwrdd yn wag, diolch byth, ond dim ond ei godi a'i arogleuo oedd gan fam Cai i'w wneud i ddarganfod eu cyfrinach, a gwneud iddi hi, a'i dad, fynd o'u coeau'n lân. Cweryla diangen.

'Siarad?' llwyddodd Cai i ateb.

Cododd Gwawr ar ei thraed a gwegian am hanner eiliad: ofnai Cai ei bod am ddisgyn yn ei hôl ar y gist a bradychu'r ffaith nad oedd yr un ohonyn nhw'n sobor.

'Gwen…' dechreuodd Gwawr egluro.

Na, plis, cau dy geg, erfyniodd llygaid Cai arni.

'Siarad, a cha'l paned o gawl perlysie,' meddai Cai ar ei thraws.

Gwnaeth hynny i Gwen edrych ar y potyn brown. Y ffŵl, meddyliodd Gwawr. I beth oedd angen tynnu ei sylw hi at y dystiolaeth?

'O lle doth hwnna?' holodd Gwen.

Cododd Cai ei ysgwyddau. Ni fedrai feddwl am esboniad.

'O tŷ ni,' cynigiodd Gwawr, gan weddïo na fyddai Gwen yn gweld ei mam a diolch iddi am y llond cegaid o gawl perlysiau a roddodd i'r ddau.

'Ie, ie, o tŷ Gwawr,' ategodd Cai, yn llawer rhy frwd.

Crychodd Gwen ei thalcen nes gwneud i Gwawr geisio egluro ymhellach.

'Dim ond potyn bach oedd ar ôl gan Mam,' mentrodd, 'i roi cawl perlysie ynddo…'

Ond roedd ei thafod wedi penderfynu ei bradychu ar ôl bod yn ufudd nes nawr, a daeth 'cawl perlysie' allan fel 'caws pensylie'.

Clywodd Gwawr Cai'n rhegi dan ei wynt. Edrychodd

Gwen arni'n hir cyn troi i edrych ar Cai. Gallai Gwawr dyngu ei bod hi'n clywed mecanwaith meddwl Gwen yn clician.

'Yw Morten yn gwbod dy fod ti'n dwyn ei wirod e?' holodd, a'i llais yn finiog fel llafn y twca roedd Gwawr wedi'i ddefnyddio rai oriau ynghynt i dorri gïau ac esgyrn y ci.

'Cawg pen…' ceisiodd Gwawr gywiro'i hun.

'Dim ond llond gwniadur oedd e,' meddai Cai.

Pam na allai'r ffŵl ddal ati i wadu? meddyliodd Gwawr. Roedd 'na obaith y deuen nhw allan ohoni, dim ond iddyn nhw ddal i wadu. Welodd hi neb â llai o asgwrn cefn na'i ffrind.

'Llond potyn!' cywirodd Gwen ei mab. 'Digon i feddwi dau benbwl twp.'

Gafaelodd Gwen ym mraich Cai i'w godi ar ei draed, a barnodd Gwawr ei bod hi'n well iddi ei throi hi.

'Wela i di,' meddai wrth Cai.

'Ti'n dod fewn i'r tŷ?' holodd yntau.

Ystyriodd Gwawr am eiliad cyn ysgwyd ei phen. Gwelodd y gwg ar wyneb Gwen, a barnodd y byddai'r croeso'n oerach y tu mewn na'r awyr oerllyd y tu allan.

'Dim diolch,' meddai, ond roedd Gwen yn gyndyn iddi gerdded adre ar ei phen ei hun. Gorchmynnodd Cai i'w hebrwng at ddrws y fflat ac ufuddhaodd hwnnw, yn falch o weld bwlch o ddeng munud cyn cerydd ei fam yn ôl yn y tŷ.

Anelodd y ddau tuag at waelod y stryd, a throi i'r dde ar hyd y stryd lle roedd fflat Gwawr.

'Dwi'm yn teimlo 'di meddwi o gwbwl rhagor,' meddai Cai'n ddiflas.

'Tybed pam,' mwmialodd Gwawr.

Doedd effaith y gwirod ddim wedi para'n hir iawn. Teimlodd Gwawr rhyw ddigalondid wrth feddwl am fynd adre at lond fflat o frodyr drewllyd yn dwyn pob gwely a chornel gyffyrddus yn y lle, a'i rhieni'n trafod materion y Cyngor dan eu hanadl rhag dihuno'r bechgyn, a hynny tan berfeddion, a babi'n crio…

Ystyriodd Gwawr mor drist fyddai treulio gweddill ei hoes yn y fan hon, yn edrych ymlaen at ddwy awr, tair awr o ymlacio, dros ddiferyn o wirod nawr ac yn y man, a dim mwy na hynny.

Cyrhaeddodd y ddau ddrws y fflat a throdd Cai i fynd gan daflu 'Wela i di' dros ei ysgwydd cyn mynd yn ôl adre i wynebu ei dynged. Meddyliodd Gwawr am yr hyn roedd Cai wedi'i ddweud am y Daith a mentrodd ofyn cyn iddo fynd:

'Fyset ti'n dod gyda fi i Gymru?'

Trodd Cai ati gan wenu'n llydan cyn ei chofleidio'n dynn. 'Wrth gwrs y bysen i. 'Sen i'n dy ddilyn di i ben draw'r byd.'

A gwyddai Gwawr yn syth fod pobl yn dweud pethau ar eu cyfer o hyd er mwyn gwneud i bobl eraill deimlo'n well, heb feddwl yr un gair.

4

ROEDD HI WEDI darllen am bennau tost a theimlo cyfog yn dilyn yfed gwirod, ond ni thrawyd Gwawr gan ddim o hynny yn y bore. Prin y cafodd gyfle, gan i'w mam ei dihuno cyn chwech o'r gloch er mwyn iddi fynd i baratoi bara cyn gadael am yr ysgol.

Wrth ei llyfrau roedd ei mam pan gyrhaeddodd hi adre'r noson cynt, newydd ddychwelyd o gyfarfod y Cyngor, a phrin y cododd ei phen pan gerddodd Gwawr i mewn yn simsan ac anelu am y fatras flew ar lawr wrth y gwely mawr lle roedd Lleu, Ifan, Gwion a Rhys yn cysgu'n barod.

A dyna lle roedd ei mam eto yn y bore, uwchben ei llyfrau, ac Efan yn cysgu'n sownd yn y sling am ei hysgwydd.

'I Gymru fydd y Daith nesa'n mynd?' gofynnodd Gwawr i'w mam.

'M-hm,' a gafodd yn ateb. 'Dyna'r nod.'

Gwasgodd Gwawr ei bysedd i ganol y toes, a thylino'n galed fel y dysgodd ei mam-gu iddi wneud.

Byddai'n rhaid iddi fynd i weld ei mam-gu: doedd hi ddim wedi bod ers rhai dyddiau, a phrin ddau gan metr oedd rhwng eu fflat a fflat Mam-gu. Gwaith Lleu oedd taro draw ddwywaith neu deirgwaith y dydd i wneud y mân orchwylion oedd angen eu gwneud. Teimlodd Gwawr gwlwm yn ei bol wrth feddwl am ei mam-gu. Gwelsai wahaniaeth ynddi dros y misoedd diwethaf, ac roedd hi wedi clywed ei rhieni'n sibrwd yn y gwely un noson. Clywsai ddigon i wybod mai am iechyd ei mam-gu roedden nhw'n siarad.

Arferai fod yn heini, yn fwy heini na'r un ohonyn nhw, yn gryfach wrth gario cerrig i godi wal, yn gadarnach ei hannel gyda'r fwyall a'r caib, yn fwy gwydn na'r un o'r bechgyn wrth gerdded drwy stormydd gaeafol yr Arctig rhwng y Neuadd a'r Llyfrgell a'i fflat. Arferai Gwawr feddwl mai ei mam-gu oedd wedi etifeddu'r edefyn mwyaf praff o enynnau Mam Un.

Ar y cychwyn, yn fuan wedi'r Diwedd Mawr, roedd cyrraedd oed planta yn arwydd o oes hir ynddo'i hun. Gwellodd pethau dros y 110 o flynyddoedd ers y Diwedd Mawr, ond prin oedd poblogaeth oedrannus yr Ynys hyd yn oed heddiw. Y canser oedd yn gyfrifol bob tro, y gelyn cudd a deithiai drwy'r aer heb ei weld, mor anochel â'r tywydd.

Dyna aeth ag Alun bach, a dyna oedd yn mynd â chynifer o rai eraill. Roedd disgynyddion Mam Un wedi arfer twyllo'u hunain fod ei genynnau hi wedi'u gwarchod – neu wedi gwarchod digon ohonyn nhw – ond roedd y Norwyaid lawn mor wydn mewn gwirionedd, a digonedd o waed Norwyaidd bellach yn rhedeg drwy ei gwythiennau hi hefyd, ac Idris, ei thad, yn llawn cymaint o Norwyad ag o Gymro.

Torrodd Gwawr y toes yn chwe rhan a'u ffurfio'n dorthau crwn. Ysgeintiodd ychydig o flawd drostyn nhw cyn gosod lliain dros eu pennau ar y garreg. Cododd y garreg wastad i'w chario drwodd at ymyl y tân yn y stafell arall.

'Fydda i'n hwyr adre o'r ysgol,' meddai wrth ei mam.

Ni chododd honno ei phen o'i llyfrau.

'M-hm,' meddai, heb hawlio unrhyw eglurhad.

Synfyfyriodd Gwawr y gallai fod allan tan berfeddion yn meddwi ar wirod tad-cu Cai am a wyddai ei mam. Difarodd nad oedd ganddi orchwyl fwy anturus na darllen y Dyddiadur i'w chadw rhag dod adre, ond ar yr un pryd, doedd dim yn rhoi mwy o gyffro iddi'r dyddiau hyn na darllen y tudalennau gwerthfawr.

Sylwodd fod Ifan a Lleu wedi codi bellach, ac yn gwisgo eu dillad allan. Roedd Efan yn dechrau cwyno yng nghaethiwed y sling. Roedd Rhys, rhwng cwsg ac effro, yn eistedd ar erchwyn y fatras flew a lenwai hanner y stafell cyn ei chadw yn y bore. Gwelodd Gwawr e'n tynnu sionyn cwsg o'i lygad a'i roi yn ei geg.

'Sym' o'r ffordd,' meddai Lleu wrth Gwawr wrth iddo geisio adfer ei esgidiau, lle buon nhw'n sychu o flaen y tân.

Gwthiodd Gwawr y garreg â'r bara arni i'r gilfach wrth ymyl y tân iddo gael codi yn y gwres, a symudodd o ffordd ei brawd hynaf. Hen sinach bach gwenwynllyd oedd e'r dyddiau hyn.

Penderfynodd wisgo cyn gynted ag y gallai er mwyn iddi allu dianc i'r ysgol.

5

RHYFEDDAI GWAWR AT ddycnwch Mam Un. Yn yr ysgol, dysgodd Gwawr sut yr aeth ei hen hen hen fam-gu ati gyda gweddill trigolion yr Ynys ar y pryd, llai na hanner cant ohonyn nhw, i gynnal bywyd er gwaetha'r Diwedd Mawr niwclear. Clywodd sut y goroesodd y bobl mewn twneli a dyllwyd i grombil y mynydd gan y rhai a welodd beth oedd yn dod, twneli'n rhan o'r system o dwneli a warchodai'r gronfa hadau a ddaethai yno o sawl rhan o'r byd flynyddoedd ynghynt a denu'r gwyddonwyr, a Rhian, Mam Un, yn ei sgil.

Roedd Gwawr yn hen gyfarwydd â'r stori'n fras. Dyna a glywsai ers pan oedd hi'n ddim o beth. Ond roedd palu'n ddyfnach, fel roedden nhw'n ei wneud y dyddiau hyn, wedi gwneud iddi feddwl llawer mwy am yr hyn a wynebodd ei chyndadau a'i chynfamau. Ac am yr hyn a wnaethon nhw i gadw'n fyw, i gadw'r hil yn fyw, i gadw eu gwyddoniaeth a'u traddodiadau'n fyw, i gadw eu hieithoedd yn fyw.

Norwyaid oedd y rhan fwyaf o'r hanner cant, ond roedd eraill yno hefyd. Bellach, dwy iaith a siaredid ar yr Ynys, a Mam Un oedd wedi gofalu mai'r Gymraeg oedd un o'r rheini – yn union fel pe bai'n gwybod, rywsut, na fyddai neb arall ar ôl i'w chadw'n fyw. Ac roedd y Norwyaid, drwy gyfnod Mam Un, y Mamau Dau a'r Mamau Tri, wedi gweld gwerth

y Gymraeg, yn teimlo rhyw debygrwydd rhyngddyn nhw a'r
Cymry, a'r mwyafrif ohonyn nhw bellach yn rhugl yn y ddwy
iaith.

Anwen oedd athrawes Gwawr. Cyfnither ei mam. Un dda
oedd hi hefyd, ac arbenigwraig ar Ddyddiadur Mam Un.
Roedd hi wedi gofyn i'r dosbarth gopïo gymaint ag y gallen
nhw ohono mewn ysgrifen fân, fân ar eu dogn bapur. Ers y
Daith ddiwethaf i Norwy, roedd ganddyn nhw lawer gwell
cyflenwad o bapur, a'r Cyngor wedi gadael i'r ysgol ddefnyddio
rhan dda ohono.

Roedd Anwen wedi gosod sawl tudalen o'r Dyddiadur ar
hen gwpwrdd pren ar ganol llawr y dosbarth, gyda digon o
le iddyn nhw sefyll o'i flaen i'w ddarllen, a chopïo ohono fel
y mynnen nhw. Copi oedd e a wnaed gan un o'r bobl gyntaf
rai blynyddoedd wedi iddyn nhw adael yr ogof. Roedd y
gwreiddiol yn ddiogel mewn cwpwrdd dan glo yn yr archifdy
dan lawr y Llyfrgell. Gwawr oedd yr unig un a dreuliai amser
chwarae ac amser cinio yn copïo. Ei nod oedd cael pob gair,
pob un gair, o'r 71,604 o eiriau'r Dyddiadur ar glawr iddi
gael eu darllen drosodd a throsodd. Un diwrnod, fe fyddai hi
mor gyfarwydd â'r Dyddiadur ag oedd Anwen a'r arbenigwyr
eraill.

Roedd dechrau'r Dyddiadur – pan adawodd Mam Un
Gymru gyntaf i ddod i weithio yn y coleg gwyddonol ar yr
Ynys – yn ddieithr iawn i Gwawr. Soniai am fyd gwahanol,
wrth gwrs, am y cyfnod cyn y Diwedd Mawr. Hwn oedd
y cyfnod mwyaf diddorol i Gwawr ar sawl ystyr, wrth iddi
geisio dyfalu, fel y gwnaethai llawer o astudwyr y Dyddiadur

o'i blaen, beth oedd ystyr pethau fel 'iFfôn' a 'cyfrifiadur' ac 'awyren'. Gwyddai gwyddonwyr heddiw ar yr Ynys yn well na hi, wrth reswm, ond doedd yr un ohonyn nhw'n deall cweit cymaint â'r argraff a roddent: sut gallen nhw? Perthyn i fyd arall oedd y pethau hyn.

Roedd y llyfrau'n help, wrth gwrs – cynnwys Llyfrgell yr Ynys a oedd yno ymhell cyn y Diwedd Mawr, llyfrgell y coleg gwyddonol a fodolai yn y dyddiau hynny, lle roedd Rhian yn astudio, ac un a gynhwysai lawer iawn o gliwiau ynghylch cynifer o bethau. Drwy'r llyfrau, câi trigolion yr Ynys gipolwg ar fyd a fu, ac o'u hastudio – fel roedd ei mam yn ei wneud yr eiliad hon – gallen nhw ddatgloi cyfrinachau'r byd roedden nhw'n dal i fyw ynddo. Dibynnai'r teithiau ar y llyfrau.

'Pen mawr?'

Roedd Cai wedi dod i eistedd wrth yr un bwrdd â hi, yn hwyr fel arfer.

'Na, dim o gwbwl,' meddai Gwawr, er bod pen tost wedi dechrau egino ers iddi gyrraedd yr ysgol. 'Gest ti gerydd?' holodd iddo.

Cododd Cai ei ysgwyddau, fel pe bai'n llawer gormod o fachan i boeni am bryd o dafod gan ei fam.

'Tad-cu ga'th hi waetha,' meddai Cai. 'Lwcus nad oedd e 'na neu fydde'i ben e lan ar y wal fel y pen carw ar wal y brifathrawes.'

Ac yn llawn mor fyw o chwain hefyd, meddyliodd Gwawr dan wenu. Rhannai Morten ei fferm gŵn â chryn dipyn o fudreddi a'r paraseitiaid a wnâi eu gwâl ym mlew ei stoc.

Gwelodd Gwawr yr athrawes yn edrych i'w cyfeiriad a barnodd mai gwell oedd distewi.

'Blwyddyn 10, mae gynnon ni westai arbennig sy'n mynd i siarad â chi am y Daith fawr ymhen deufis. Dwi'n siŵr fod y rhan fwya ohonoch chi wedi clywed amdani. Mae Freyja yn un o'r pedwar fydd yn mentro'r moroedd ar y daith i Gymru ac mae hi wedi dod aton ni i siarad heddiw.'

Doedd Gwawr ddim wedi sylwi tan hynny ar y ferch benfelen a eisteddai yn un o'r seddi blaen yn y dosbarth. Cododd Freyja i wynebu'r dosbarth. Cofiodd Gwawr iddi ei gweld ym mharti pen-blwydd un o'i chyfyrderesau. Rhaid bod rhyw berthynas yn rhywle – er, fe allai ddweud hynny am bron bawb.

'Diolch, Anwen,' dechreuodd Freyja, braidd yn nerfus yn ôl y cochni a ddaeth i'w bochau wrth iddi ddechrau siarad.

Meddyliodd Gwawr mor eironig oedd hi fod hon yn nerfus am siarad â llond dosbarth o blant pedair ar ddeg a phymtheg oed, ac eto'n bwriadu teithio miloedd o filltiroedd dros fôr a thir i wlad ddieithr ar gyrion Ewrop. Pen draw'r byd, i bob pwrpas.

Ciliodd y cochni'n raddol, er hynny, wrth i Freyja dwymo at ei phwnc a manylu ar y paratoadau ar gyfer y Daith. Llyncodd Gwawr bob gair yn awchus, a blodeuodd eiddigedd mawr fel madarchen yn ei pherfedd. Ymhen deufis, byddai Freyja, Olaf Hagen, Gunnar Berg a Gwenda Mair yn gadael yr Ynys ar gwch y bu'r peirianwyr yn gweithio arno ers y Daith ddiwethaf i Norwy. Cymerai dair wythnos iddynt groesi'r môr at arfordir Norwy, a phythefnos arall wedyn cyn cyrraedd tir Prydain

– yn dibynnu ar y tywydd, wrth gwrs. Glanio yn Lloegr, a chroesi'r tir dieithr hwnnw ar droed i gyfeiriad Cymru.

Swniai'n hawdd. Saith neu wyth wythnos rhwng y fan hon a'r fan acw, wedi 110 o flynyddoedd.

Disgrifiodd Freyja'r hyn roedd hi wedi'i ddysgu am Gymru drwy Gyngor yr Ynys a'r ymchwilwyr. Enwodd fam Gwawr, a theimlodd honno awch o falchder am eiliad, cyn iddo droi'n genfigen eto wrth glywed ei chanmoliaeth o waith ymchwil Elain – doedd neb yn gymaint o awdurdod ar yr hen wlad na'i mam hi ei hun.

Pan orffennodd Freyja siarad, gwahoddodd Anwen gwestiynau gan y plant. Cododd un neu ddau eu breichiau a gofyn sut y byddai'r tywydd ym Mhrydain, pa anifeiliaid oedden nhw'n meddwl fyddai wedi goroesi'r Diwedd Mawr, oedden nhw'n poeni y byddai'r aer yn dal yn llawn ymbelydredd…

Roedd Anwen ar fin dod â'r cyflwyniad i ben pan gododd Gwawr ei llaw.

'Ga i ddod gyda ti?' gofynnodd i Freyja, a chwarddodd pawb.

'Reit, Blwyddyn 10, gawn ni i gyd ddiolch i Freyja am ddod yma i siarad?'

Gadawodd Freyja yn sŵn clapio'r plant a pharhaodd Anwen â'r wers.

'Pwy sy'n cofio ym mha flwyddyn y daeth y Diwedd Mawr?'

Ni thrafferthodd Gwawr godi ei llaw gan mor syml oedd y cwestiwn.

'Dwy fil a thri deg!' gwaeddodd Cai cyn cael ei wahodd i ateb hyd yn oed.

'Diolch, Cai. Cant a deg o flynyddoedd yn ôl. Fel sonion ni ddoe, roedd sawl un o wyddonwyr a thrigolion yr Ynys bryd hynny yn ofni rhyfel, yn gallu darllen beth oedd yn digwydd yng ngweddill y byd, ac yn ceisio paratoi. Doedd unman yn ddiogel rhag rhyfel niwclear, wrth gwrs, ond doedd y bobl ddim am roi'r gorau i bob gobaith heb ymdrechu. Roedd ganddyn nhw dwneli'n barod i ddiogelu'r hadau. Mater bach oedd eu hymestyn. Roedd y rhan fwyaf o boblogaeth yr Ynys wedi diflannu'n ôl adre i ble bynnag roedden nhw wedi dod ohono. I Norwy a gwledydd eraill. Roedd 'na rai'n dal i fod yma yn y dref, ymhell o'r ogof, pan laniodd y bomiau ar dir mawr Ewrop, a wnaethon nhw ddim goroesi. Yr unig rai a oroesodd oedd y 49 yn yr ogof.

'Fe fyddwn ni'n mynd am dro i weld y twneli pan ddaw'r gwanwyn, ond dwi'n siŵr bod sawl un ohonoch chi'n gyfarwydd â nhw'n barod.'

Gwenodd Anwen yn y fan hon – bu hithau'n ifanc unwaith hefyd. Doedd dim yn well gan bobl ifanc yr Ynys pan oedd hi'n haf na dianc i'r ogofâu i gadw twrw, i garu, i gymdeithasu, neu i wneud dim ond bodoli, ymhell o nychu di-ben-draw eu rhieni.

'Fesul pedwar, dowch â'ch papur a'ch ysgrifbinnau at y Dyddiadur i gopïo'r hyn sydd gan Fam Un i'w ddweud am ddydd Iau, Mehefin yr unfed ar bymtheg, 2030.'

Grwgnachodd Cai wrth orfod codi.

'Callia!' gorchmynnodd Gwawr. 'Ma raid bod rwbeth yn bod arnot ti os nad wyt ti'n ystyried hyn yn ddiddorol.'

Nesaodd Gwawr at y geiriau, gan geisio peidio â mynd dan draed dwy o'i chyd-ddisgyblion a oedd eisoes yn sefyll o flaen y Dyddiadur. Safodd Cai y tu ôl iddynt yn gwneud hanner job o gopïo.

Mehefin 16eg, 2030

Heddiw, mae'r awyr yn las, las a phawb mewn hwyliau gweddol wedi'r storm. Ond mae'r newyddion o Brydain yn ddiflas, wrth i'r asgell dde barhau i garcharu unrhyw un na all ddangos ei fod yn Brydeiniwr trydedd ach. Doedd Radio Four ddim yn dweud hynny, wrth gwrs, ers i'r BBC gael ei gymryd i ddwylo'r wladwriaeth, ond dyna roedd y we yn ei ddweud. Ac fe ddywedodd Mam wrtha i neithiwr ar y ffôn fod Mrs Plasov drws nesa wedi'i chymryd i'r ddalfa. Mrs Plasov ddysgodd fi i ganu 'Dau gi bach' yn yr ysgol feithrin.

Mae America a Rwsia yn gwylio'i gilydd fel dau anifail rheibus yn aros eu cyfle (a Tsieina'n gwylio ar y cyrion). Fe ddywedodd Lars [Henrikson, pennaeth adran dechnoleg Prifysgol yr Ynys] fod hynny'n obeithiol. Tra bydd y naill a'r llall yn ofni cyflawni'r cam cyntaf, mae gobaith. Ond mae'n anodd teimlo gobaith pan fo dau ynfytyn ffasgaidd yn arwain yn y ddwy wlad.

Mae gwaith ar y twneli wedi dechrau. Pwysleisiodd Lars wrth y pwyllgor neithiwr ei bod hi'n hanfodol bwysig nad yw gweddill poblogaeth yr Ynys yn cael gwybod beth yw'r bwriad, mai ar gyfer pobl y mae'r twneli. Mae'r system dwneli'n llawer iawn mwy na storfa hadau bellach.

Wiw i bobl wybod y cyfan. Mae peryg iddyn nhw geisio annog eu teuluoedd i heidio yma o wahanol rannau o'r byd. Ond cyndyn iawn yw llawer o bobl yr ynys i ddod i'r twneli beth bynnag: dyw pobl ddim fel pe baen nhw'n gallu credu pa mor wael y gall pethau fynd.

'Gallai dyfodol dynoliaeth ddibynnu ar hyn,' meddai Lars neithiwr. Dwi'n poeni ei fod e ormod o ddifri am bethau, yn gweld yr ochr dduaf bosib. Wn i ddim beth ddaw ohono os yw pethau'n gwaethygu eto yn y byd. Wrth i ni weithio ar yr hadau, mae e â'i feddwl ar Ddydd y Farn.

Fe siaradais i ag Enid ar Skype neithiwr. Mae hi wrth ei bodd yn Awstralia, yn bolaheulo bob dydd o flaen y pwll nofio – lwcus. Bolaheulo – ac mae hi'n aeaf arnyn nhw, i fod. Brown oedd hi hefyd, a finne heb obaith brownio yn haul yr Arctig oer. Ond dyna ni, fi ddewisodd fod yn wyddonydd.

Ych a fi, pell yw Awstralia. A Chymru. 'Sen i'n hoffi teimlo'n llai poenus am bethau. O wel! Falle neith lawrlwytho ambell bennod o Bobol y Cwm godi 'nghalon i.

Erbyn i Gwawr orffen copïo, roedd sawl criw arall wedi bod wrthi. Gwelodd Anwen yn gwenu arni – chwarae teg, fe wyddai'r athrawes am ei diddordeb, ac ni rwystrai hynny. Gwelodd fod Cai eisoes wedi cadw ei bethau ac yn barod i fynd.

Penderfynodd Gwawr nad oedd hi'n poeni rhyw lawer am ginio heddiw. Gallai gael awren arall o gopïo a llonydd gan y lleill. Aeth yn ei blaen i ddechrau ar y cofnod nesaf yn y dyddiadur: Dydd Gwener, Mehefin yr ail ar bymtheg, 2030.

Mehefin 17eg, 2030

Pobol y Cwm *neithiwr wedi codi hiraeth – mwy o hiraeth – am adre. Gweld colli Aberystwyth, y prom, trên bach Consti, hyd yn oed y Llyfrgell Gen. Siopau'r stryd fawr – y rhei bach, ddim yr horwth Tesco 'na. Siopau mawr yn tagu bobman, lladd y llefydd bach, corfforaethau byd-eang sy'n rhedeg y byd – a ffasgwyr adain dde, wrth gwrs. Ond mae Aberystwyth mor gosmopolitan, tybed beth ddaw ohoni os ydyn nhw'n carcharu cymaint…? Gas gen i feddwl.*

Does dim yn well gen i na mynd â'n laptop i ben Consti i weithio adeg gwyliau'r haf yn y caffi… yfed cappuccino *ar ôl* cappuccino *nes bod 'yn stumog i'n troi, ond yn werth e i gael sgwennu yn y fath le – arfordir Ceredigion. Oes 'na olygfa well yn y byd i gyd yn grwn? Mae 'na ryfeddodau fan hyn ar yr ynys, ond mae Bae Ceredigion, gan edrych i fyny at Eryri ac i lawr at y Preselau, coflaid Cymru, wedi'i argraffu ar 'y nghalon i.*

Pryd caf i ei weld eto?

Oedodd Gwawr. Cododd ei phen a gweld nad oedd neb arall ar ôl yn y stafell ddosbarth bellach, dim ond y ffenestri tywyll gyda'r gaeafwyll trwm yn pipo i mewn arni. Fe af i yno, meddyliodd Gwawr. Fe af i i Gymru yn dy le di, Mam Un.

'Chest ti byth mo'i gweld wedyn,' meddai Gwawr yn uchel. 'Ond fe ga i.'

6

'Oooo! Ma'n braf bod allan.'

Lledodd Gwawr ei breichiau a throi yn ei hunfan fel melin wynt a'i hwyneb tua'r wybren ddofn.

'Ti allan bob dydd. Mynd i'r ysgol. Dod draw i'n fflat ni. Allan yw hynny.'

Doedd Cai'n deall dim, meddyliodd Gwawr, ac nid aeth i drafferthu ei gael i ddeall mai allan yng ngolau dydd roedd hi'n ei feddwl – y tamaid lleiaf ohono am yr amser lleiaf ganol dydd. Roedd hi wedi bod yn dywydd gwael dros yr wythnos ddiwethaf a doedd hi ddim wedi sylwi ar y dydd yn ymestyn. Cam ceiliog, mae'n wir, ond cam i'r cyfeiriad iawn, serch hynny. Bu'r gaeaf eto yn hir, fel pob gaeaf, a hithau'n gaeth i'w fflat fwy neu lai, a swnian y bechgyn a'i rhieni arni. Doedd dim munud o lonydd i'w gael yn y gaeaf. Doedd Cai ddim yn debygol o ddeall hynny: roedd ganddo ef ei wely ei hun, a hanner stafell wely.

Heddiw, roedd hi wedi stopio bwrw eira, y gwynt wedi gostegu, a'r bwlch bach yn y gaeafwyll wedi ymddangos yn ei lawn ogoniant. Prin godi ei ben dros y gorwel a wnâi'r haul ond roedd e yno, a'r awyr wedi glasu am awr neu ddwy, digon o amser iddi hi a Cai fynd am dro bach at yr ogofâu.

Gwelodd Cai rywun yn dod i'w cyfarfod wrth iddyn

nhw adael y dref: Olaf. Cofiai Gwawr ef yn yr ysgol, yn y dosbarth olaf pan oedd hi'n dechrau yn yr ysgol fawr: rhaid ei fod yn ugain oed bellach. Cofiai ddisgyn mewn cariad â'r gwallt golau a'i natur ddireidus, cyn anghofio amdano wedi iddo adael yr ysgol i fwrw ei brentisiaeth yn y Wyddonfa.

''Sdim isie gofyn lle dech chi'ch dau'n mynd,' meddai Olaf, gan wenu'n awgrymog. 'Ddweda i ddim gair wrth neb.'

'Cau hi,' meddai Cai, heb swnio'n fygythiol iawn.

Cofiodd Gwawr ei fod e'n hanner cefnder i dad Cai.

'Clown!' ebychodd Gwawr.

Gwnaeth Olaf wyneb gwirion – a daliodd Gwawr ei hun yn meddwl sut gythraul y bu iddi ei ffansïo erioed.

Yna cofiodd fod Freyja wedi sôn am ryw Olaf a fyddai'n mynd ar y Daith. Doedd bosib mai'r llo hwn roedd hi'n feddwl. Roedd 'na sawl Olaf ar yr Ynys...

'Olaf Hagen wyt ti?' holodd, heb boeni dim pa mor ddigywilydd roedd hi'n swnio.

'Yn ôl beth ma Mam a Dad yn dweud wrtha i,' atebodd yntau.

Newidiodd Gwawr ei barn amdano ar amrantiad. Dyma un arall o'r bobl lwcus a gâi antur ei fywyd tra byddai hi'n sownd ar yr Ynys yn gwneud ei gwaith cartre, ac yn siarad dwli am ddim byd gyda Cai.

Erbyn iddi ddod dros ei rhyfeddod, roedd Olaf wedi codi ei law arnyn nhw a mynd yn ei flaen i gyfeiriad y dref.

'Mae e'n un o'r rhai —'

'— sy'n mynd ar y Daith, ydy,' gorffennodd Cai

drosti. 'Sy ddim yn ei neud e'n llai o glown na beth yw e,' ychwanegodd.

*

Yr ogofâu oedd hoff le Gwawr yn y byd i gyd. Y twneli a dreiddiai i grombil y mynydd, lle cuddiodd Mam Un a'r lleill am dros flwyddyn rhag y gaeaf niwclear a laddodd gymaint o boblogaeth y byd. Y graig a'u gwarchododd, y mynydd a'u llyncodd i'w cadw'n fyw, i'w poeri allan eilwaith i'w rhyddid.

'Alli di ddychmygu bod yn sownd mewn mynydd?' gofynnodd i Cai.

'Paid â dechre!' grwgnachodd hwnnw. 'Os dwi isie pregeth hanes, fe af i i'r ysgol. Mae'n ddydd Sadwrn, Gwawr. Gad iddi.'

Pasiodd y ddau fynedfa'r gronfa hadau a dod at borth mawr y twnnel. Rhaid oedd troi'r olwyn i'w agor gan mor drwm oedd e. Dyma'r porth a osododd Lars rhwng y bobl a'r tywydd niwclear y tu allan, y porth na chafodd ei agor am dri mis ar ddeg, hyd nes i'r bobl fentro allan i weld beth oedd gan y ddaear ar ôl i'w gynnig iddyn nhw. Aeth blynyddoedd heibio wedyn cyn iddyn nhw weld yr haul. Cofiodd Gwawr y disgrifiadau o'r cymylau trwchus duon a hongiai dros yr Ynys yn barhaol. A'r cofnod yn y Dyddiadur ar gyfer y diwrnod pan welodd Rhian yr haul: *Mae e'n ôl!*

Trodd Cai'r olwyn a thynnu. Gwichiodd y metel trwm wrth agor. Gadawsai'r blynyddoedd eu hôl arno. Doedd y cyflenwad trydan ddim yn cyrraedd y fan hon felly tynnodd

Gwawr ei thortsh weindio o'i phoced ac aeth y ddau i mewn. Taflai golau'r dortsh eu cysgodion yn hir ac yn fain ar y graig o bobtu iddynt, gan ddawnsio fel creaduriaid o ryw oes a fu o'u cwmpas.

'A! A! Aaaaa!' gwaeddodd Cai, fel y gwnâi bob tro ers pan oedd e'n fachgen bach, ac ymfoddio yn ei adlais ei hun. 'GwawraCai! GwawraCai! Niyma! Niyma!'

'Tyfa fyny,' meddai Gwawr wrtho, ond ddim yn gas.

Ar ôl cerdded am funud neu ddwy arall daethant at y gwagle agored, fel rhyw neuadd fawr ynghanol y we o dwneli a gynlluniodd Lars pan oedd y byd yn mynd â'i ben iddo.

Ac yma y bu'r 49 yn byw. Y bobl, a'u cŵn. Fel hadau mewn daear yn aros am yr haf.

Daethai'r diwedd yn annisgwyl wedi'r cyfan. Cael a chael fuodd hi i'r 49 gyrraedd yr ogof wedi i'r bom cyntaf lanio yn America. Erbyn i'r pedwerydd bom lanio ar Lundain, roedd y gwenwyn wedi lledu i bedwar cyfandir ac roedd hi'n rhy hwyr i bawb heblaw'r rhai a oedd eisoes wedi llithro i grombil y mynydd.

Cawsai rhan fach o Neuadd y Dref ei gwarchod fel amgueddfa fechan. Offer o'r dyddiau pan oedd y bobl gyntaf yn byw yma. Tuniau, hen fatris, yr 'afalau' – na ddeallai Gwawr hyd heddiw beth oedden nhw'n iawn. Roedd rhai o'r technegwyr ar yr Ynys yn eu deall, neu'n meddwl eu bod yn deall beth oedd pwrpas y petryalau bach gyda llun yr afal arnyn nhw – llun afal a rhywun wedi cnoi hansh ohono. Ond ychydig iawn o bethau felly oedd yn dal yn yr ogof: roedd y rhan fwyaf o'r pethau, a phapurau a llyfrau a lluniau'n llawn o wybodaeth am yr oes a fu wedi mynd i lawr i'r archifdy yn y Llyfrgell at y pethau a oedd yno cynt, cyn y Diwedd Mawr.

Edrychodd Gwawr o gwmpas yr ogof. Roedd olion mwy diweddar yno hefyd, wrth gwrs: sbwriel wedi'i adael ar ôl gan y criwiau ifanc a ddôi yma i gael dihangfa rhag eu rhieni, rhag clawstroffobia'r fflatiau ar ôl gaeafwyll hir.

Eisteddodd Gwawr ar y llawr ond aeth Cai yn ei flaen yn y tywyllwch ar hyd un o'r twneli a ogwyddai oddi wrth y neuadd, un o dri a arweiniai at 'ystafelloedd' llai na'r neuadd, lle roedd y bobl gyntaf wedi ymrannu'n grwpiau llai ar gyfer cysgu. Clywai Gwawr ei lais yn dal i chwarae gyda'i adlais ei hun yn bownsio oddi ar furiau'r ogof. Mater o amser fyddai hi cyn iddo daro'i drwyn yn erbyn darn o graig yn y tywyllwch a sgrechian mewn poen. Digwyddai bob tro.

Trodd Gwawr y dortsh ar y graig y tu ôl iddi, ac ni fu'n rhaid i'r llafn o olau chwilio'n hir cyn dod o hyd i'r hen graffiti a restrai enwau'r bobl gyntaf wedi'u crafu yn y graig. A phatrymau a siapiau, olion hen fyd.

'Cai!' galwodd ar ei ffrind. 'Ty'd yma, 'nes i erioed sylwi ar hwn o'r bla'n.'

Roedd cerfiad maint ei llaw yn y graig, llun anifail o ryw fath, ond roedd ei ffurf yn annelwig. Dôi rhywbeth allan o geg yr anifail.

'Aaaawww!' bloeddiodd Cai o un o'r twneli, gan wneud i'w lais drybowndian o graig i graig, o dwnnel i dwnnel am eiliadau hir cyn distewi. ''Y mhen-glin i!'

Ochneidiodd Gwawr. 'Babi!' sibrydodd wedyn o dan ei gwynt.

'Be ddwedest ti?' holodd Cai, a oedd yn nesu ati bellach.

'Babi!' meddai Gwawr yn uwch.

'Ddim 'y mai i yw bod ti'n mynnu cadw'r dortsh.'

'Dwi'm yn mynnu dim. 'Nest ti'm holi. Beth wyt ti'n neud o hwn?'

Trodd Gwawr y golau at y cerfiad bach yn y graig wrth i Cai benlinio yn ei hymyl. Gwyrodd yntau ei ben i weld yn agosach.

'Mae'n siŵr fod 'na gofnod yn rhywle,' meddai. 'Rhywun wedi'i gopïo.'

Ni allai Gwawr feddwl ei bod wedi'i weld yng nghanol y tudalennau dirifedi o gopïau a wnaed o'r lluniau a'r cerfiadau yn yr ogof. Ond doedd hi ddim yn arbenigwraig. Falle y byddai ei mam yn gwybod beth oedd e.

'Mae'n debyg i ddraig...' meddai Cai, a'r eiliad y dywedodd e hynny fe wyddai Gwawr eu bod yn edrych ar lun baner Cymru.

'Wrth gwrs!' gwaeddodd yn fuddugoliaethus. 'Digon posib mai Rhian na'th hwn. Y ddraig goch yw hi.'

'Wela i ddim coch,' heriodd Cai, a thytiodd Gwawr heb drafferthu ymateb i ddwli Cai.

Gallai wneud synnwyr perffaith o'r cerfiad yn awr: y ddraig goch â'i thafod allan. Eisteddodd y ddau am eiliad gyda'u meddyliau, a Cai'n rhwbio'i ben-glin.

'Trueni na fysen i wedi dod â rhagor o wirod Dad-cu fyny 'ma,' meddai Cai.

'Oes gyda ti ragor 'te?' holodd Gwawr, heb ryw lawer o ddiddordeb.

'Nag o's,' meddai Cai.

'Dwi'n mynd i Gymru,' meddai Gwawr. 'Ti'n dod gyda fi?'

'Hyn eto,' meddai Cai.

'Neu o's well gyda ti orffen yn yr ysgol a mynd i gadw fferm gŵn, neu i weithio mewn llysieudy? Be fydd hi? Tatws? Cêl? Neu'r fferm gŵn?'

'Dwi'n mynd i fod yn wyddonydd fel Dad,' meddai Cai, 'pan fydda i'n deall ffiseg yn well.'

'A pryd fydd hynny?' holodd Gwawr. ''Drycha, ma'r cwch yn mynd mewn chwe wythnos, maen nhw'n chwilio am ragor o bobol i fynd…'

'Yn hollol. Wedest ti dy hunan. "Bobol."'

'Dwi bron yn bymtheg. A tithe. Ma hynny'n "bobol". Dyma'r cyfle gore gewn ni byth. Ti'n gwbod pa mor anaml ma'r teithie'n digwydd, maen nhw wedi bod yn paratoi ar gyfer hon ers pum mlynedd. Meddylia, gallet ti neud fel dy dad, ca'l antur galli di weud wrth dy blant amdani.'

Gwyddai Gwawr ei bod hi'n goglais awydd Cai. Fe'i clywodd droeon yn sôn am daith ei dad i Norwy pan oedd Cai yn ddeg oed. Gallai ei glywed yn ailadrodd yr hanesion yn awr, a'i lygaid yn llawn rhyfeddod. Cofiai amdano'n ennyn cenfigen un neu ddau o'r bechgyn eraill yn eu dosbarth wrth iddo ymffrostio yng ngorchestion ei dad a'r lleill ar y Daith, yn brwydro yn erbyn cynddaredd y tonnau.

Ers rhai blynyddoedd, roedd y gwyddonwyr wedi honni bod y perygl o salwch niwclear wedi lleihau digon iddyn nhw allu treiddio ymhellach byth i berfeddion Ewrop, ond roedd cynllunio teithiau'n waith aruthrol, ac yn cymryd blynyddoedd. Roedd hwylio'r môr garw rhwng yr Ynys a'r Tir Mawr ynddo'i hun yn fenter na allai neb fod yn ysgafn yn ei chylch, er gwaethaf dyfeisgarwch y peirianwyr a'r technegwyr. Roedden nhw wedi perffeithio cychod yr Ynys dros y blynyddoedd diwethaf, ar ôl y teithiau i Norwy i weld pa adnoddau y gallent ddod o hyd iddyn nhw o dyrchu'n ddigon dwfn drwy'r tyfiant a chwilio yn y mannau cywir. Roedd plâu o lygod mawr a chreaduriaid eraill a oroesodd y gaeaf niwclear, yn ogystal â llystyfiant, wedi goresgyn y trefi, fel mai dim ond rhan fach iawn o'r grefft oedd gwybod lle i edrych am y pethau roedd eu hangen arnyn nhw.

'Dwi'n barod i fynd,' meddai Gwawr. 'Alla i ddim aros pum mlynedd arall. Fydd y lle 'ma wedi'n mygu i.'

Cnodd Cai ei wefus. Roedd rhywbeth yn Gwawr a wnâi iddo dyfu i fyny, ymestyn yn rhywbeth mwy na fe'i hun. Hi oedd ei ochr arall, ei aeddfedrwydd.

Ond roedd Cai ymhell o fod yn siŵr ei fod e'n barod i aeddfedu eto.

7

'HA! TYNNA'R GOES arall!' oedd ymateb ei thad. A galwodd ar ei mam, oedd yn gwisgo'i chot i fynd i weld ei mam-gu. 'Glywest ti be ddwedodd y ferch 'ma?'

Roedd hi'n fwriadol wedi aros nes y byddai'r bechgyn hynaf wedi mynd allan i chwarae i fwynhau golau dydd amser cinio y diwrnod wedi iddi hi a Cai fod yn yr ogof. Roedd ei mam wedi mynd allan i'r bwtri i dorri llysiau ar gyfer y cawl pysgod a sisiai yn y sosban ar y radell uwch y tân. Roedd hi wedi tybio mai crybwyll y mater wrth ei thad oedd orau yn y lle cyntaf: roedd e'n llai dilornus o'r hyn roedd hi'n ei feddwl a'r hyn oedd ganddi i'w ddweud, ar y cyfan. A fe oedd yr un a oedd bob amser wedi dweud wrth bob un o'i blant am anelu at y sêr.

Rhaid oedd bachu ar y cyfle cyn i'w mam neu un o'r bechgyn ddod yn ôl, a'r cyfan a ddywedodd wrth ei thad oedd bod y Daith yn swnio'n ddiddorol, torri'r garw heb ddweud yn blwmp ac yn blaen.

A dyma fe wedi dehongli'r cyfan yn blwmp ac yn blaen.

'Isie mynd ar y Daith i Gymru.'

Lledodd gwên fawr dros wyneb ei mam, cyn torri'n chwerthin. 'Tro nesa, falle,' meddai'n ddidaro. 'Neu'r tro wedyn. Mae'n cymryd amser i baratoi ar gyfer taith, Gwawr fach.'

Roedd yn gas gan Gwawr 'Gwawr fach'. Am eiliad, teimlodd fel clymu 'Gwawr fach' yn dynn am wddf ei mam.

'Fydd 'na'r un daith arall am bum mlynedd.'

'A mwy na hynny, digon posib,' meddai ei mam, gan arllwys llond llaw o foron i'r cawl. 'Mae'n holl adnodde ni'n mynd ar hon.'

'Pam na cha i fynd ar hon 'te?' gwenwynodd Gwawr, gan sylweddoli mai cwyno fel merch fach oedd y peth diwethaf a fyddai'n argyhoeddi ei rhieni, ond ni allai atal ei hun. Roedd hyn mor bwysig, ac roedd y ddau yma fel dwy garreg, yn methu'n lân â deall.

'Y rhei sy fwya ar dân isie mynd yw'r rhai mwya anaddas gan amla,' meddai ei mam.

'Dwi wedi colli un plentyn,' meddai ei thad. 'Dwi ddim yn bwriadu colli dau.'

Cyn iddi gael cyfle i frathu ei thafod, daeth y Dyddiadur yn ôl i feddwl Gwawr. 'Ma 'na bobol wedi colli sawl plentyn,' meddai. 'Ro'dd pobol yn colli tri neu bedwar yn rheolaidd yn yr hen ddyddie, mwy na hynny weithie.'

'Ro'dd bywyd yn rhad yn yr hen ddyddie: ddim yn yr hen ddyddie ry'n ni'n byw,' atebodd ei mam yn siarp, gan fwrw golwg ar ei thad. Roedd e wedi tawelu ar ôl sôn am Alun. Doedd e byth wedi gallu dod dros hynny. 'Pwy a ŵyr beth yw'r lefele ymbelydredd yng ngorllewin Ewrop. Dyna un peth – *un* peth – nad yw'r Cyngor yn gallu ei addo i'r teithwyr. Ry'n ni'n cymryd bod lefelau ymbelydredd yr aer a'r dŵr wedi gostwng digon i'w gwneud hi'n bosib goroesi yno, ond does dim sicrwydd o ddim byd.'

'Mam, rho'r cyfle 'ma i fi…' meddai Gwawr. Po fwya y siaradai ei mam am y perygl, y mwyaf oedd ei hawydd hi i fentro, i ymuno â'r Daith, fel pe bai clywed am y peryglon, eu clywed wedi'u lleisio, yn eu gwneud yn llai.

Ebychodd ei thad yn uchel a cherdded allan o'r fflat gan slamio'r drws – gweithred anarferol i'w thad, a oedd bob amser yn eu rhybuddio rhag gwneud gormod o sŵn rhag i Henrik a Mari drws nesa eu clywed.

'Dere gyda fi i weld dy fam-gu,' meddai ei mam, a theimlai Gwawr mai gorchymyn oedd e yn hytrach na chynnig. Ei mam oedd y bòs yn y diwedd, nid ei thad, a dylai Gwawr fod wedi cofio hynny. Hi oedd â'r gair olaf bob gafael.

Yn drwmgalon, estynnodd Gwawr am ei chot oddi ar y bachyn y tu ôl i'r drws.

8

ROEDD ENW WEDI bod ar yr Ynys unwaith, ac enw arall ar yr archipelago roedd hi'n rhan ohono. Ond pan grebachodd y byd, pan ddaeth yr Ynys yn fyd cyfan i bob un ohonyn nhw, collodd ei henw llawn. 'Yr Ynys' oedd hi i bawb ers degawdau, ac er bod ynysoedd bach, rif y gwlith, i'w gweld o'i glannau, prin bod yr un yn eu denu yno ddigon i'w henwi'n ddim ond Ynysig Las, Ynysig Werdd, Ynysig Fach, Ynysig Fawr, Ynysig Hir (ac ynysig oedden nhw hefyd – prin y denai'r un ohonyn nhw ymweliad gan neb o drigolion yr Ynys).

Fel eu cartref nhw, cael ei adeiladu'n wreiddiol fel cartref i un teulu a wnaethai'r bloc lle roedd ei mam-gu a modryb iddi'n byw, ond wrth i boblogaeth yr Ynys gynyddu dros y blynyddoedd yn sgil yr ymgyrch ailboblogi, ac er gwaethaf y llu o farwolaethau cyn pryd o'r canser yn y blynyddoedd cynnar, bu'n rhaid troi'r holl dai'n unedau llai, a rhannu'r nifer cyfyngedig o anheddau rhwng mwy o bobl. Roedd pawb ar yr Ynys, heblaw llond llaw o ffermwyr cŵn, yn byw yn y dref neu ar ei chyrion.

Gadawodd Gwawr i'w mam gerdded o'i blaen: doedd arni ddim awydd siarad â hi. Er ei bod hi'n prysur dywyllu yn ei hôl, gallai weld ffurf y melinau gwynt ar lethr y mynydd a warchodai'r dref. Clywai eu swish drwy'r awyr yn cadw trigolion y dref mewn goleuni a gwres. Dyna un arall o'r pethau nad oedd Gwawr, tan yn ddiweddar, wedi ystyried pa mor wyrthiol oedd e: trydan, a'r gallu i'w gynhyrchu drwy ynni gwynt, haul a dŵr. Cofiai am adegau o fisoedd yn ystod ei phlentyndod pan nad oedd y trydan yn gweithio, cyn y teithiau a arweiniodd at gnwd o adnoddau: gwifrau copr, darnau o fetel, pob math o declynnau roedd eu hangen ar y cyflenwad, i adfer y peiriannau a oedd wedi diffygio dros y blynyddoedd. Ond roedden nhw wedi llwyddo, ac wedi cynyddu'r cyflenwad, wedi llwyddo i danio'r dechnoleg danddaearol a daniai'r gwres i dwymo'r ddaear o dan y llysieudai a'r grawndai, a'r coedlannau helyg, i'w galluogi i dyfu amryfal gnydau yn weddol lwyddiannus dros y degawdau.

'Tu ôl i'r dorth mae'r blawd,' dechreuodd ganu wrthi ei hun. 'Tu ôl i'r blawd mae'r felin, tu ôl i'r felin draw ar y bryn mae cae o wenith melyn.'

Welodd hi erioed gae o wenith melyn, ond fe welodd hi lond grawndy ohono.

Camodd dros y trothwy. Roedd ei modryb Delyth yn aelod o dîm o chwech a weithiai yn ysbyty'r Ynys fel nyrs-feddygon cyffredinol, felly doedd Gwawr ddim yn disgwyl ei gweld, ond roedd ei mam wedi dechrau gweld beiau, fel y gwnâi bob amser pan alwai heibio.

'Yw Delyth yn disgwyl i chi fyta hwn?' holodd, gan godi tafell o fara caled oddi ar blât ar y bwrdd.

Rhoddodd Gwawr gusan ar foch ei mam-gu. Gallai dyngu bod arlliw o felyn ar groen ei hwyneb a synnodd eto at ba mor fregus-finiog roedd esgyrn ei hysgwyddau'n teimlo dan ei chyffyrddiad. Aeth ias i lawr ei chefn. Melyn oedd lliw'r canser a ymosodai ar yr iau. Gyda'i mam-gu yn nesu at ei deg a thrigain, gwyddai fod perygl go iawn mai dyna oedd yn gyfrifol am y ffaith ei bod hi'n dihoeni. Gwelsai ddigon o berthnasau eraill yn cael yr un peth, gan gynnwys ei thad-cu. Cofiai adeg pan oedd hi'n llond ei chroen ac yn llond pob lle, yn llawn hwyl a bywyd, a bagad o straeon ganddi bob amser i'w hadrodd i'w hwyrion.

'A shwt ma 'merch fawr i?' holodd Mam-gu, yr un mor llawn o groeso iddi ag arfer.

Teimlodd Gwawr frath sydyn o gydwybod na fu yma ers dros wythnos.

'Siarad dwli am fynd ar y Daith, 'na beth ma'ch merch fawr chi'n neud gyda'i hamser, Mam,' meddai ei mam yn ddiamynedd.

'Ooo? Dwi'n cofio rhywun arall yn neud yn union yr un peth, Elain,' meddai ei mam-gu, heb edrych ar ei mam. Roedd 'na ddisgleirdeb yn ei llygaid wrth iddi ei ddweud.

Gwenodd Gwawr yn ôl arni'n ddiolchgar.

'A ches inne ddim mynd chwaith,' meddai ei mam, yn benderfynol o gael y gair olaf.

Aeth ei mam i'r gegin i feirniadu diffyg gofal Delyth am eu mam a gadael Gwawr i eistedd o flaen y tân gyda Mam-gu.

'Be sy, 'mach i?' meddai honno, a rhoi ei llaw ar ben Gwawr. 'Wedi dechrau astudio'r Dyddiadur wyt ti?'

Nodiodd Gwawr. Beth oedd pwrpas gwadu?

'Dwi'n cofio finne'n neud yr un fath,' ochneidiodd ei

mam-gu. 'Pethe cryf yw geirie Mam Un. Pethe sy'n ysgwyd dy seilie di.'

'Pam nag y'n nhw'n ysgwyd seilie Mam a Dad?' holodd Gwawr yn ddiflas.

'O-ho, paid ag ame'u bod nhw,' chwarddodd Mam-gu. 'Maen nhw'n ysgwyd seilie pawb. Yn corddi'n syniade ni am bwy y'n ni. Yn deffro dyn.'

'Ddim Mam a Dad, mae'n amlwg,' meddai Gwawr.

'Wedi dysgu byw gyda'r peth maen nhw,' meddai ei mam-gu. 'Fe gafodd dy fam, ac Idris dwi'n siŵr, yr un ysgytwad â gest ti, pan o'n nhw dy oed di. Pan welon nhw'r Dyddiadur gynta, ei ddarllen e, cael ei astudio fe, a'r hanes i gyd. Ges inne'r un ysgytwad pan ddes i'n ddigon hen i ddeall yr hen fyd 'ma, fel tithe. Pan ddechreuon nhw ddweud wrthon ni go iawn yn dy oed di, pan o'n ni'n gallu delio ag e, ges inne'r un ysgytwad. Mam oedd 'yn athrawes i, cofia.'

Ni allai Gwawr ddychmygu cael ei mam yn athrawes arni. Ond ar y dechrau, Mam Un oedd wedi dysgu'r plant – a'i merched hithe wedyn, y pedair ohonyn nhw, fe gafon nhw fyw'n ddigon hir i gael plant a dysgu cenedlaethau o blant.

'Doedd dim teithie yn y dyddie hynny,' meddai Mam-gu. 'Ond doedd hynny ddim yn ein rhwystro ni rhag meddwl am yr hen wlad.'

'Ti'n ei chofio hi,' meddai Gwawr. 'Mam Un. Gwed wrtha i amdani, Mam-gu.'

Ac er ei bod hi wedi clywed sawl, sawl gwaith, gadawodd i'w mam-gu ddweud wrthi eto sut un oedd Mam Un. Cafodd naw mlynedd ohoni cyn ei cholli, ac roedd hi'n dal i gofio'r hanesion a adroddai Mam Un wrth ei gorwyrion a'i gorwyresau, a'i sôn am yr hen wlad, am hen le na fydden nhw byth yn ei weld, am a wyddai. Am hen bobl, a'i sôn am hen lefydd, hen bethau – cyfarwydd a dieithr – caneuon, sefydliadau, llyfrau, pobl, a byd cyfan a oedd wedi dod i ben.

'Paid llanw'i phen hi,' meddai ei mam pan ddaeth â blociau tanwydd o frigau a gwymon sych drwodd i'w mam-gu eu cadw yn y cawell wrth y tân, i'w bwydo i'r fflamau. 'Ma fe'n ddigon llawn yn barod.'

'Alli di weld bai arni?' Trodd ei mam-gu ar ei merch hynaf. 'Ry'n ni i gyd am weld yr hen wlad. Pam ddyle hi fod yn wahanol?'

'Ma'r rhan fwya ohonon ni'n gorfod bodloni ar ei hastudio hi o bell,' meddai ei mam, 'o lyfre a nodiade'r bobol gynta. Cheith rhei ohonon ni byth gyfle i'w gweld hi.'

'Cenfigen yw e felly,' meddai ei mam-gu.

Doedd Gwawr erioed wedi gweld ffrae fel hon rhyngddyn nhw o'r blaen. O, roedd digon o ffraeo am bethau bob dydd. A dweud y gwir, ffraeo am bethau bob dydd fyddai ei mam yn ei wneud bob tro y dôi yma. Ond roedd hon yn ffrae dawelach, ond dyfnach rywsut, am bethau a ferwai dan yr wyneb, rhyw nychtod dan y croen.

'Y cyfan dwi'n dweud yw y gall hi aros. Aros nes y Daith nesa pan fydd hi'n aeddfetach. Bydd 'na ddigonedd o deithie.'

Oedodd Mam-gu am hanner eiliad ar drothwy dweud rhywbeth, cyn ymatal.

'Falle bo' ti'n iawn,' meddai. Gwenodd ar Gwawr. 'Ma gyda

ti flynydde o dy fla'n. Do's dim brys. Dwi'n siŵr y cei di, dy genhedleth di i gyd o bosib, weld yr hen le gyda'ch llyged 'ych hunen.'

Saethodd ias i lawr cefn Gwawr pan ddywedodd ei mam-gu hyn.

'Dere â thamed o newyddion y Cyngor i fi, Elain.' Trodd ei mam-gu ei sylw at ei mam, fel pe bai hi'n synhwyro bod ei angen arni.

Oedodd Elain am eiliad cyn eistedd, a dechrau bwrw iddi i ailadrodd sgandals a newyddion Cyngor yr Ynys wrth ei mam.

Doedd gan Gwawr fawr o ddiddordeb yng ngweinyddiaeth na gwleidyddiaeth yr Ynys, ond roedd y sôn am y Daith, sef prif sylw'r Cyngor y dyddiau hyn, a'r gwaith paratoi ar ei chyfer, yn ei chyfareddu. Gwrandawodd yn astud a rhyfeddu at y modd roedd ei mam mor frwd ynghylch y Daith a phopeth a oedd ynghlwm wrthi, ac eto mor amharod i ystyried gadael i'w merch rannu yn y brwdfrydedd, i gael rhan yn y cyffro.

Pan oedden nhw'n gadael, sibrydodd ei mam-gu yn ei chlust ar garreg y drws. 'Dal di ati,' meddai, ac ni wyddai Gwawr am beth roedd hi'n sôn: dal ati i swnian am gael mynd ar y Daith? Neu ddim ond dal ati i ddarllen, i ddychmygu, i freuddwydio?

9

CHWIPIAI'R GWYNT AM ei phen a llosgai ei chlustiau drwy'r cap gwlân o dan gwfl ei chot. Doedd dim synnwyr o fath yn y byd ei bod allan yn y fath dywydd tymhestlog. Ni allai weld ei ffordd drwy'r eira, ond roedd hi'n benderfynol o gyrraedd fferm tad-cu Cai.

Ar Lleu roedd y bai – fel arfer. Wrth ddod at y bwrdd i gael swper, roedd hi wedi cuddio ei dogn o fara ar y gadair dan y bwrdd rhag i Rhys gael ei fachau arno cyn iddi nôl y sosbanaid o gawl pysgod oddi ar y tân, ac roedd Lleu wedi eistedd arno nes ei wasgu'n lwmp, a doedd hi ddim am ei fwyta ar boen ei chrogi.

'Byta fe, do's neb yn gwastraffu bwyd yn y tŷ 'ma,' meddai ei mam wrthi'n ddiamynedd.

'Na!' saethodd Gwawr yn ôl. 'Ddim ar ôl iddo fe fod o dan ei ben-ôl hyll e.'

Pwniodd Lleu ei braich am feiddio lladd ar ddarn o'i gorff. Anelodd Gwawr ddyrnod at ei ystlys yntau nes ei wneud yn fwy penderfynol byth o wneud dolur iddi. Gwylltiodd eu mam: 'Rhowch y gore iddi nawr, y ddau 'noch chi!' gwaeddodd.

'Shshsh!' Cododd ei thad ei fys at ei geg wrth boeni am yr hyn a glywai Henrik a Mari drws nesa, ond ni wnaeth hynny ond cymell dicter ei mam.

'Paid ti'n shyshian i!' meddai Elain wrth ei gŵr.

Gwylltiodd Gwawr fwyfwy at ei brawd am greu ffrae rhwng pawb.

''Drycha be ti'n neud!' edliwiodd Gwawr.

Dechreuodd Efan grio.

''Na ddigon, Gwawr!' Cododd ei mam ei llais yn uwch wrth i'w thymer ferwi drosodd. 'Ti wedi mynd yn rial hen gnawes fach, yn do? Dwi 'di ca'l mwy na llond bol arnot ti.'

A bu hynny'n ddigon i'w hel oddi yno, gyda'i thad yn galw arni, 'Alli di ddim mynd allan yn y storm 'ma, dere 'nôl!'

Ond doedd hi ddim am ufuddhau i'w thad. Ddim y tro yma. Digon oedd digon. Fe wyddai ei thad mai at Cai y byddai hi'n mynd beth bynnag.

Felly, fe aeth allan, gan regi pob un ohonyn nhw, a Lleu yn fwy na neb.

Ond doedd Cai ddim gartref: 'Wedi mynd at ei dad-cu,' meddai tad Cai wrthi yn y drws, a cheisio'i gwahodd i mewn o'r eira. Ond troi ar ei sawdl wrth ddiolch i Anders a wnaeth hi, ac anelu drwy'r tywydd garw i gyfeiriad fferm gŵn Morten, tua hanner milltir o gyrion y dref ar ysgwydd y mynydd, yng nghysgod y fferm wynt.

A nawr, roedd hi'n difaru dechrau. Teimlai wayw ym mhob un o'i hesgyrn wrth i'r oerfel dreiddio drwy ledr ei chot. Allai hi weld dim o'i blaen, nac ôl y llwybr dan ei thraed. Roedd ganddi dortsh weindio a gadwai ym mhoced ddofn ei chot, ond doedd dim o'i golau'n treiddio'r wal o eira o'i blaen. Cadwai ar y chwith i'r lluwch eira, gan farnu y byddai hynny'n ei chadw i anelu i'r cyfeiriad iawn gyda'r llethr ar yr ochr arall iddi. Ond teimlai'r ffordd yn bell drybeilig. Dylai allu gweld golau'r fferm erbyn hyn, doedd bosib.

Ond ni welai ddim ond eira yn chwythu ar letraws yn y gwynt, a llenwai sŵn y storm ei chlustiau. Mae'n siŵr y byddai'r cŵn yn udo yn y fath oerfel, er eu bod yn cael eu cadw dan do gan Morten y rhan fwyaf o'r gaeaf, ac ni fyddai ganddi obaith o'u clywed yn y fath sŵn.

Damiodd ei hun am fod mor fyrbwyll â chychwyn allan – neu am beidio â dychwelyd adre â'i chynffon rhwng ei choesau i wynebu ei chythraul brawd a'i mam wenwynllyd. Byddai hynny wedi bod yn well na marw yn yr eira fel hen ast golledig.

Yna rhegodd ei hun am fod yn gymaint o fabi. Hi, oedd wedi bod yn swnian am gael mynd ar daith dros y môr mawr i wlad bell, bell, drwy bob math o beryglon: sut ar wyneb y ddaear y gallai hi feddwl am wneud y fath beth, a hithau ofn rhyw damaid o wynt? Llai na hanner milltir. Nid cannoedd o filltiroedd o fôr, a dyn a ŵyr beth.

Tybiodd iddi glywed rhywbeth. Safodd yn stond, a bron â chael ei chwythu oddi ar ei thraed. Tynnodd y cwfl am eiliad i wrando eto: oedd, roedd hi'n clywed chwiban. Chwiban Cai, fe fetiai. Y chwisl a gerfiodd o bren a gafodd gan ei dad-cu sawl blwyddyn yn ôl bellach, ond un â chwiban iach yn perthyn iddi, un handi iawn yn nhywyllwch nos a'r gaeafwyll diddiwedd. Trodd olau ei thortsh i'r cyfeiriad y tybiodd iddi glywed y sŵn, a gwelodd lafn main o olau lamp, a ffurf y bwthyn y tu ôl iddo.

Roedd Cai'n sefyll ar garreg y drws. Daeth ati wrth ei gweld yn ymddangos o'r tywyllwch. Tynnodd hi i'r tŷ'n ddiseremoni a bustachu i gau'r drws yn erbyn y gwynt.

'Blydi ffŵl,' rhegodd Cai. 'Ti'n lwcus o'r cŵn. 'Sen i heb eu clywed nhw'n cyfarth…'

''Sen i wedi dod o hyd i'n ffordd, ta beth,' saethodd hithau'n ôl yn anniolchgar.

'O, fyddet ti nawr?' gwawdiodd Cai.

'Beth wyt ti moyn i fi neud?' gwylltiodd Gwawr. 'Cwmpo ar 'y mhenglinie i ddiolch i ti?'

Ac ar hynny, torrodd y ddau allan i chwerthin ar ba mor ddwl oedd y ddadl. Daeth Morten i'r golwg, yn methu deall beth oedd yn digwydd. Roedd ganddo drwyn coch, a gwallt a barf wen, fel rhyw Siôn Corn hoff o'i ddiod. Dôi â gwên i wyneb Gwawr bob tro y dôi yma, er ei bod yn gwybod cymaint o ofid a achosai i Anders a Gwen, rhieni Cai. Roedd Morten yn mynd i oed, a gofalu am fferm gŵn yn mynd yn drech nag ef, yn enwedig ac yntau bron byth yn sobor.

'Gwawwwwwr!' gwaeddodd yn ei acen Norwyaidd. 'O lle dest ti? Wel… o'r tu allan, wrth gwrs,' atebodd ei gwestiwn ei hun. 'Fel angel o'r nef.'

A dechreuodd ganu hen emyn Norwyaidd am angylion o'r nef a thangnefedd ar y ddaear, gan amrywio o'r llais bas i'r llais tenor yn ôl ei fympwy. Tua hanner ffordd drwy'r ail bennill, ac erbyn i Gwawr fod wedi tynnu ei chot a haen neu ddwy arall o ddillad, cofiodd Morten fod ganddo ymwelwyr. Gwahoddodd Gwawr i eistedd agosaf at y tân.

'Oedd dim ots gyda dy fam bod ti allan yn y fath dywydd?' holodd Cai, a synnodd Gwawr pa mor gyfrifol oedd ei ffrind ar adegau, er mai babi mawr oedd e'r rhan fwyaf o'r amser.

'Bydd hi'n meddwl mai yn tŷ chi ydw i,' meddai Gwawr.

Fyddai hi ddim y tro cyntaf iddi aros yn nhŷ Cai. A byddai cipolwg ar y tywydd yn dangos i'w mam mai dyna y byddai Gwawr wedi ei wneud.

Estynnodd Morten hen garthen frau iddi ei gosod am ei hysgwyddau, gan fod y tân yn gynnes iawn yn eu hwynebau, ond yn gyndyn iawn i lapio'i wres am eu cefnau. Gallai Gwawr glywed y cŵn yn dal i gyfarth yn nannedd y gwynt y tu allan. Rhyfeddodd fod Cai wedi synhwyro ei phresenoldeb – neu fod y cŵn wedi arogli ei phresenoldeb.

Efallai mai ffermio cŵn fel ei dad-cu oedd yr alwedigaeth a weddai iddo wedi'r cyfan. Ochneidiodd Gwawr wrth feddwl am hynny. Trodd Cai ati wrth ei chlywed, ei wyneb yn gwestiwn, ac ysgydwodd hithau ei phen.

'Dim byd.'

'Dim byd,' ailadroddodd Morten, a chymryd llowciad o'r gwirod yn ei gwpan.

Estynnodd y cwpan i Cai, ond ysgydwodd hwnnw ei ben. Doedd gwirod a gâi ei gynnig ddim yn blasu'r un fath â gwirod a gâi ei ddwyn. Cynigiodd Morten y cwpan i Gwawr, a gwrthododd hi'n gwrtais wrth glywed y gwynt ar ei anadl.

'Dwi'n cofio Tad-cu yn sôn am ryw storm fawr,' dechreuodd, 'pan dorrodd y melinau gwynt i gyd yn eu hanner am fod y gwynt mor gryf.'

Pinsiaid o halen oedd y cydymaith gorau wrth wrando ar Morten yn mynd drwy ei bethau, yn enwedig pan fyddai'n

YMA:
YR YNYS

sôn am yr hanesion a ddywedai ei dad-cu yntau wrtho. Ond doedd dim yn well gan Gwawr a Cai na gwrando arno'n adrodd ei straeon, gan lithro'n rhwydd rhwng y Norwyeg a'r Gymraeg. Weithiau, byddai rhywbeth yn ei atgoffa am straeon yr hen ogledd yn y traddodiad Norwyaidd a gawsai Morten gan ei dad-cu, a oedd hefyd yn ffermwr cŵn yn y bwthyn hwn ar ysgwydd y mynydd.

Tynnodd Gwawr y garthen yn dynnach amdani a phlygu at y tân am gynhesrwydd wrth i straeon Morten lapio'u hunain amdani.

Dechreuodd adrodd stori am y duw Odin yn ymladd y blaidd-anghenfil Fenrir, a chael ei lyncu ganddo.

'Ond doedd Odin fawr o dduw, os gofynnwch chi i fi,' mwydrodd Morten mewn Norwyeg, heb boeni rhyw lawer a oedd ganddo gynulleidfa ai peidio, 'achos fe ddwedodd "Ni ddylai dyn ddal ei afael yn y cwpan, ond yfed mewn cymedroldeb." Pa fath o dduw sy'n credu mewn cymedroldeb?!'

Cofiodd Gwawr am Fyrddin a Gwydion y soniai Mam Un amdanyn nhw yn ei Dyddiadur. Dewiniaid oedd gan y Cymry, nid duwiau, a doedd fawr o gymedroldeb yn y straeon a nododd Mam Un am droi merch o flodau'n dylluan, am fyw gyda'r anifeiliaid yn y coed.

Sylwodd Gwawr ddim pryd y syrthiodd i gysgu, a'i phen ar ysgwydd Cai, a oedd yntau'n cysgu â'i ben yn pwyso'n ôl yn erbyn y pared. Ac roedd Morten yn dal i adrodd ei straeon.

10

CAI OEDD Y cyntaf i glywed y curo, ond roedd Gwawr
wedi dihuno erbyn iddo agor y drws. Yn y tywydd hwn
ar yr adeg hon o'r flwyddyn, gallai fod yn unrhyw adeg o'r
dydd neu'r nos.

Henrik oedd yno, a chymerodd eiliad i Gwawr ryfeddu:
beth oedd Henrik drws nesa'n ei wneud ym mwthyn Morten?
Ond ni fu'n rhaid iddi feddwl yn hir. Glaniodd llygaid Henrik
arni.

'Ma hi yma!' ebychodd, wedi llwyr ymlâdd ar ôl brwydro
drwy'r storm.

Cododd ofn o ymysgaroedd Gwawr: pam roedd Henrik
wedi ymladd ei ffordd drwy'r eira a'r gwynt i ddod i chwilio
amdani hi? Roedd Morten wedi codi i gyfarch yr ymwelydd
arall hwn, mwy o ymwelwyr nag a gafodd yn yr un stafell ers
peth amser. A beth oedd hwn ei eisiau eto? Estynnodd gwpan
ato, ac edrychodd Henrik yn rhyfedd arno, heb ddeall. Ond
nid oedd ganddo amser i geisio deall yr hen ŵr. Siaradodd
Henrik â Gwawr, gan anwybyddu Morten.

'Dy dad a dy frawd, fe aethon nhw allan i chwilio amdanat
ti...'

'O na!' Camodd Gwawr tuag ato yn ei harswyd. Roedd hi
eisiau mynd o'r stafell fach fudr a chyfyng hon oedd yn drewi
o fwg a chŵn.

'Fe aethon nhw heibio i Anders,' amneidiodd ar Cai, 'a chael gwybod mai fan hyn oedd Cai, mai fan hyn fyddet ti...'

Adroddodd sut roedd ei thad a Lleu wedi mynd adre i roi'r neges i'w mam eu bod nhw am anelu i fyny yma drwy'r storm, yn y gobaith y caen nhw hyd iddi.

'Ma 'na bedair awr ers hynny,' meddai Henrik, 'a dy fam yn poeni'i henaid.'

Dechreuodd Gwawr grynu. Ac ar yr un pryd, estynnodd am ei chot, a'i gwisgo orau y gallai, er ei bod hi'n ei chael hi'n anodd meddwl yn glir. Gwnaeth Cai yr un fath heb oedi. Trodd Henrik yn y drws, ac anelu allan.

'Ddo i gyda chi,' cynigiodd Morten, a throi yn ei unfan fel pe bai'n chwilio am ei got, ond heb allu meddwl lle yn y byd y gallai fod wedi'i rhoi.

'Na, arhosa di fan hyn,' gorchmynnodd Cai i'w dad-cu. 'Paid â rhoi 'run o dy draed y tu allan i'r drws 'ma, ti'n deall?'

Nodiodd Morten yn lloaidd. Caeodd Cai'r drws ar ei ôl a chamu i'r tywyllwch ar ôl Gwawr a Henrik. Cerddodd y tri drwy'r lluwch o flaen y bwthyn, ac allan i'r tir agored. Teimlodd Gwawr y gwynt yn torri drwyddi fel cyllell. Tynnodd ei chot yn dynnach amdani. Difarodd adael y garthen yn y tŷ. Gwasgodd Cai i mewn ati, a Henrik yr ochr arall. Mewn undod mae nerth, meddyliodd Gwawr. Os rhywbeth, roedd y gwynt yn waeth na phan gyrhaeddodd hi'r bwthyn, a'r udo'n uwch wrth iddo chwipio'i ffordd i bob cilfach a cheunant ar wyneb y mynydd. Taflai'r lamp fawr olew morlo yn nwylo

Henrik olau ar y gwynder o'u blaenau a phrin y gallent weld y ffin rhwng y llawr a'r llafn o eira a ddisgynnai tuag ato. Gwasgodd Cai ei llaw.

Ceisiodd ddilyn ôl y camau a wnâi Henrik yn yr eira lle gallai eu gweld, a suddai'n ddwfn i'w ganol pan fethai â'u dilyn. Cerddai Cai wrth ei hochr, rhyngddi hi a chyfeiriad y gwynt. Meddyliodd Gwawr am ei thad a Lleu allan yno yn rhywle, mor agos, ac eto mor bell. Gwingodd wrth feddwl am Lleu, prin yn fwy na bachgen, yn wynebu'r fath ddrycin, a'r ddau ar goll, heb syniad lle i droi, yn anelu i'r cyfeiriad cwbl anghywir o bosib, yn anelu at y dibyn yr ochr arall i'r grib, a dim ffordd o'u hatal, dim ffordd o'u harwain yn ôl i ddiogelwch. Ei bai hi oedd y cyfan.

Ceisiodd ganolbwyntio ar ddilyn Henrik, a chwilio drwy'r tywyllwch am lafn o oleuni, am rywbeth a ddynodai fod ei thad a'i brawd yn ddiogel. Sylwodd fod Henrik yn eu harwain i fyny'r llethr rhyw fymryn yn uwch na'r llwybr arferol, nad oedd i'w weld yn awr, wrth gwrs. Rhaid bod ganddo syniad sut roedd ei thad wedi gwyro i'r cyfeiriad anghywir. Ni wyddai pa mor gyfarwydd oedd Henrik â'r mynydd – ond roedd e wedi dod o hyd i fferm Morten, wedi'r cyfan. Doedd ganddi fawr o ddewis ond rhoi ei bywyd hi a bywyd Cai yn ei ddwylo, ac ymddiried ynddo, a gweddïo y dôi o hyd i'w thad a Lleu. Roedd amser yn brin os oedd pedair awr ers iddyn nhw gychwyn allan.

Fflachiodd rhywbeth ar ymyl ei golwg. Trodd i'w gyfeiriad – dim. Efallai mai dychmygu wnaeth hi, ond gallai dyngu iddi weld rhywbeth. Falle mai arth oedd yno – mynnai rhai nad oedden nhw wedi marw o'r tir. Roedd arni ofn gobeithio mai ei thad a'i brawd a welodd. Arhosodd yn ei hunfan i syllu a throdd Henrik yn ôl ati wrth sylwi arni'n oedi. Edrychodd Cai i'r un cyfeiriad.

Yna, fe'i gwelodd eto: llafn o olau uwch eu pennau, heb fod ymhell, mae'n rhaid, o odre'r melinau gwynt. Ni chlywent sŵn y melinau yn y fath wynt, a doedd yr un ohonyn nhw i fod i droi mewn storm, beth bynnag, rhag i'r llafnau dorri. Daeth ofn arni wrth feddwl am straeon Morten am y gwynt a achosai i'r melinau gwynt blygu, ond ceryddodd ei hun am gredu straeon gwirion hen ddyn â gormod o ddychymyg ganddo, a'i dafod wedi'i iro ag alcohol. Dechreuodd gerdded tuag at y fan lle gwelodd hi'r golau – dyna oedd e, mae'n rhaid, golau lamp. Pwy arall fyddai â lamp allan ar y mynydd heno ond ei thad a'i brawd? Bron nad oedd hi'n crio gan lawenydd wrth iddi godi ei choesau'n uchel i gamu drwy'r eira, ac ar yr un pryd roedd arni ofn mai ei dychymyg oedd yn chwarae triciau â'i meddwl.

Ond roedd Cai yn camu'n bwrpasol i'r un cyfeiriad hefyd: rhaid ei fod yntau wedi gweld y golau bellach. Ac yna, roedd hi'n ei weld eto. Oedd, roedd ffurf wrth waelod un o'r melinau gwynt, yn cysgodi wrth ei godre; na, nid ffurf, ond ffurfiau.

Roedden nhw wedi'u cyrraedd, a gallai weld wyneb ei brawd yn wyn fel yr eira o'i gwmpas, a breichiau ei thad amdano yn ei gwrcwd, yn ceisio arbed ei fab rhag hyrddiadau'r gwynt. Dechreuodd Gwawr grio wrth daflu ei hun tuag atyn nhw dros yr eira, ond roedd y gwynt yn chwipio'i dagrau'n ôl yn finiog ar ei hwyneb. Llamodd i freichiau ei thad, a chofleidio'i brawd yr un pryd.

Amneidiodd Henrik arnynt – rhaid fyddai mynd ar frys, cyn i'r eira orchuddio eu camre am yn ôl, i lawr y llethr, tuag at lle roedd y llwybr i fod. Gafaelodd Cai am Lleu a gafaelodd ei thad yn Gwawr, a dilynodd y pedwar lafn y golau o lamp fawr Henrik yn ôl ar hyd y llwybr.

Erbyn iddyn nhw ddod i olwg golau gwan y dref, roedd y gwynt wedi gostegu digon i'w thad allu clywed ymddiheuriadau gofidus Gwawr. Rhoddodd ei freichiau amdani.

'Shshsh,' meddai. 'Ry'n ni gyd yn ddiogel, 'na'r cyfan sy'n bwysig.'

Trodd Gwawr at Lleu a rhoi ei braich am ei ysgwyddau wrth ei dynnu tuag ati: ni fuasai'n newid ei brawd bach am y byd i gyd yn grwn. Onid oedd e bron wedi rhoi ei fywyd drosti? Cofiodd am y bara a achosodd y fath gweryl rhyngddyn nhw oriau ynghynt a daeth lwmp i'w gwddf.

Ar ôl gwneud yn siŵr fod Cai adre'n ddiogel, arweiniodd Henrik y ffordd adre.

At Mam.

11

'BETH DDOTH DROS dy ben di'n mynd i fyny 'na yn y tywydd 'ma?!'

Roedd wyneb ei mam yn goch gan grio – y dagrau a gollodd cyn i'r tri ohonyn nhw ddod drwy ddrws y fflat, a'r dagrau o ryddhad wedyn.

'Ddim fi gollodd 'yn ffordd,' ceisiodd Gwawr ddadlau yn wyneb cyhuddiadau ei mam.

'Gawn ni adael y peth i fod? Ma pawb yn ddiogel,' ymdrechodd ei thad i resymu. Roedd ôl yr oerfel ar ei wyneb ar ffurf clytiau o goch ar ei fochau, ac roedd dafnau o rew ac eira yn ei farf a'i arleisiau. Safai y tu ôl i Lleu wrth y tân, yn rhwbio ysgwyddau a breichiau ei fab hynaf i geisio cael y gwres yn ôl i'w gorff.

Roedd Henrik wedi troi ar ei sawdl ac anelu drws nesa at Mari ar ôl iddo wneud yn siŵr eu bod wedi cyrraedd yn ddiogel, ond nid cyn i'w thad ei gofleidio'n gynnes wrth ddiolch iddo. Ceisiodd Gwawr beidio â meddwl beth fyddai wedi digwydd pe na bai eu cymydog dewr wedi dod i chwilio amdanyn nhw.

'Fuest ti bron â'i ladd e,' pwyntiodd ei mam at Lleu. 'Shwt gallet ti fyw gyda hynna ar dy gydwybod? Ma'n bryd i ti gallio, tyfu fyny, sylweddoli bod rhywun heblaw ti yn byw yn y byd 'ma. Gallet ti fod wedi lladd y ddau ohonyn nhw, dy frawd a dy dad.'

Ac ar hyn, plygodd ei mam yn ei chwrcwd a chrio'n hidl. Aeth ei thad ati a gafael ynddi. 'Hei, hei…'

Ystyriodd Gwawr fynd at Lleu a rhoi ei breichiau'n dynn amdano, ond roedd rhywbeth am gynddaredd ei mam yn ei hatal. Yn lle hynny, tynnodd ei chot heb ddweud gair a mynd i'r stafell wely, lle roedd Ifan, Gwion a Rhys yn cysgu'n drwm. Tynnodd Gwawr ei gwasgod drwchus a'i siwmper, ond ni newidiodd i'w dillad gwely. Gorweddodd ar ei matras ar y llawr a thynnu'r cwrlid dros ei phen. Byddai'n bryd iddi fynd i'r ysgol mewn teirawr. Caeodd ei llygaid rhag geiriau ei mam, ond roedden nhw'n mynnu aros yn ei phen.

Wyddai hi ddim a gysgodd hi go iawn, neu ai dim ond rhyw hanner hepian a wnaethai yn y diwedd, pan glywodd ei mam yn arllwys dŵr o'r cawg i'r sosban i'w ferwi, fel y gwnâi'r peth cynta bob bore. Clywsai Gwawr Lleu yn dod i'r gwely a rannai gyda'i frodyr rywdro wedi iddi hi fynd i glwydo. Ni wnaeth smic wrth dynnu amdano yn y tywyllwch, a chamu dros Ifan, a fynnai gael cysgu ar yr erchwyn.

Cododd Gwawr, gan ofalu peidio â gwneud sŵn rhag dihuno ei brodyr. Byddai'n rhaid iddi wynebu ei mam rywbryd. Camodd i'r stafell fyw, lle roedd ei thad a Rhys ac Efan yn cysgu ar y fatras fawr yn y pen pellaf oddi wrth y tân. Roedd ei mam yn troi uwd yn y sosban.

'Mam…'

Trodd ei mam ati cyn i Gwawr allu ymddiheuro, a rhoi ei

bys ar ei cheg. Ofnodd Gwawr am eiliad mai gwrthod derbyn ei ymddiheuriad yr oedd hi.

'Paid,' meddai Elain wrth ei merch. 'Fi sy â rhywbeth i'w ddweud wrthot ti. Doedd gen i ddim lle i siarad fel 'nes i neithiwr. Ma'n ddrwg gen i, 'nghariad i. Dwi'n anghofio weithie 'mod inne wedi bod yn ifanc fel tithe. Dyw hi ddim yn hawdd, byw ar ben ein gilydd fel hyn. Ac ma'r gaea 'ma'n hir...'

'Fe ddylen i fod wedi meddwl cyn ei throi hi am fferm Morten. Gallen nhw fod wedi marw.'

'Ond wnaethon nhw ddim. 'Na'r cyfan sy'n bwysig.'

Cofleidiodd Elain hi, a theimlodd Gwawr esgyrn ei hysgwyddau o dan ei dwylo. Oedd, roedd y gaeaf yn hir. Byddai awyr iach ac ychydig o lesni yn well nag unrhyw ffisig i bob un ohonyn nhw. Fe geisiai hi fod yn fwy ystyriol o'i rhieni, a'u gofal amdani, er mai'r gofal hwnnw oedd yn dod rhyngddi a'r hyn roedd hi eisiau ei wneud fwya'n y byd.

'Dwi ddim yn deall fy hunan y dyddie hyn,' cyfaddefodd Gwawr. Am y tro cyntaf ers amser hir, teimlodd fel arllwys ei gofidiau wrth ei mam. Cyn iddi allu atal ei hun, daeth y geiriau'n llif ohoni, un ar ôl y llall yn ribidirês. 'Dwi methu ca'l Mam Un allan o 'mhen, beth wnaeth hi, ei geirie hi... maen nhw yn 'y meddwl i drwy'r amser, a dwi methu meddwl am ddim byd arall... ddim am yr ysgol, ddim amdanoch chi, ddim amdana i'n hunan, ddim am y dyfodol, beth dwi'n mynd i neud... Ma'r ynys 'ma'n fy nhagu i, ma'r lle 'ma'n fy lladd i... Do's dim byd 'ma, dim byd... y fflat, y dre, y lle 'ma i gyd yn cau amdana i, a dim byd arall.'

Tawodd Gwawr, allan o wynt ar ôl chwydu ei theimladau. Roedd gwybod ei bod wedi rhoi llais iddyn nhw'n llawn cymaint o syndod iddi hi ag i'w mam, ond teimlai rywfaint yn ysgafnach o fod wedi gwneud.

Daliodd Elain i syllu arni am eiliadau di-dor, nes gwneud i Gwawr droi ei phen. Yna, roedd ei mam yn estyn dysglaid o uwd iddi, ac un arall iddi hi ei hun. Eisteddodd wrth y bwrdd bach gyferbyn â Gwawr. Cododd rai llwyeidiau i'w cheg cyn siarad, ac nid edrychodd ar Gwawr pan ddywedodd:

'Fe fydd raid i fi weld yr holl drefniade a'u cymeradwyo nhw i gyd, goruchwylio'r cyfan... dwi'n gwneud hynny ar y cyd â'r Cyngor i'r lleill beth bynnag, wrth gwrs, ond fe fydd yn rhaid i fi ga'l mwy o sicrwydd byth o ddiogelwch y Daith yn dy achos di... a darbwyllo Idris,' ychwanegodd, gan ochneidio.

Doedd Gwawr ddim yn deall am funud, ac yna dechreuodd wawrio arni fod ei mam wedi newid ei meddwl ynglŷn â'r Daith. Yn raddol bach, sylweddolodd ei bod hi'n rhoi sêl ei bendith.

Ffrydiodd y golau i wyneb Gwawr: 'Wir?!'

Cododd ei mam ei phen i wenu arni: 'Fel dwedes i, fe fues i'n ifanc unwaith... ac ma gymaint o adnoddau'n mynd ar y Daith yma, falle na fydd yr un cweit mor bwysig ar ei hôl hi. Yn sicr, does 'na'r un arall yn debygol o fynd i Gymru am sbel...'

'Ac rwyt ti'n fodlon...?!' Methai Gwawr â chredu ei lwc.

'Rwyt ti'n ddynes bellach. A dwi'n dy garu di gymaint fel na alla i dy rwystro di. Hunanoldeb fydde hynny. Ges i dy gadw di fan hyn,' tarodd ei bron, 'am bymtheg mlynedd. Nawr, ma'n bryd i fi adael i ti neud fel y mynni di. Ac os mai mynd sy'n mynd â dy fryd di, dyna gei di neud.'

'Beth am Dad?' mentrodd Gwawr ofyn.

'O, fe dorrith ei galon,' meddai ei mam. 'Ond fe helpa i i'w gwneud hi'n gyfan eto.' Gwasgodd Elain law ei merch: 'Dere di 'nôl yn gyfan, 'na i gyd.'

12

O'R BORE HWNNW ymlaen, teimlai Gwawr fel pe bai hi wedi cael caniatâd, o'r diwedd, i dyfu fyny a chael ei thrin fel dynes ifanc. Yn fuan iawn, roedd ei mam wedi cael cyfle i drafod â'i chyd-gynghorwyr a chael eu cydsyniad i gynnwys enw Gwawr ar restr y rhai a âi ar y cwch. Trefnodd Elain i Gwawr fynychu cyfarfodydd pwyllgor y Daith, a chafodd glywed eu bod yn gobeithio gadael ymhen chwe wythnos pan fyddai'r dydd wedi ymestyn digon i'w galluogi i gael golau dydd am rannau helaeth o'r daith, a sicrhau bod digon o haf o'u blaenau i roi digon o amser iddyn nhw gyrraedd pen y daith ar y môr a phen y daith ar y tir hefyd, gan mai am Gymru roedden nhw'n anelu, nid arfordir Prydain. Rhaid fyddai croesi Lloegr i gyrraedd Cymru, a dyn a ŵyr beth fyddai'n eu hwynebu yno. Byddai tywydd gwael, gaeafol yn ychwanegu at eu trafferthion.

Bwriodd Gwawr iddi i ddarllen mwy a mwy ar y Dyddiadur, ac anelodd i orffen ei gopïo cyn mynd ar y Daith. Ni fyddai'n mynd â gormod o le, ac roedd ei mam yn bendant y byddai copi ohono, os nad mwy nag un copi, yn bwysicach na dim i'w gario gyda nhw ar y cwch. Gallai'r wybodaeth ynddo am y cyfnod cyn i Mam Un anelu am yr Ynys am y tro diwethaf, cyn iddi gael ei swydd fel gwyddonydd yno, fod yn hynod o ddefnyddiol.

Doedd hi ddim wedi gweld Cai ers amser, ddim yn iawn. Cafodd sawl cip arno yn yr ysgol, wrth gwrs, ond er iddi geisio siarad ag e droeon, dôi rhywbeth ar eu traws, neu roedd ganddo bethau i'w gwneud. Roedd hi ar dân eisiau siarad ag e am ei thaith, ond doedd 'na byth amser, ac roedd ganddi hithau hefyd gant a mil o bethau i'w darllen – rhoesai ei mam gopïau o bob math o bethau iddi, gwybodaeth o lyfrau yn sôn am Ynysoedd Prydain a'r hen fyd, unrhyw beth roedd hi wedi gallu ei gasglu a fyddai o ddefnydd i'r teithwyr.

Roedd hi wedi bod mewn cyfarfodydd gyda'r pedwar teithiwr arall, pob un ohonyn nhw dipyn yn hŷn na hi. Roedd pump wedi'u dewis yn wreiddiol, ond gorfu i un dynnu'n ôl am ryw reswm. Dyna yn y diwedd a barodd i Elain ystyried ildio i ddymuniad Gwawr: roedd lle ar y cwch i bumed.

Roedd hi'n gyfarwydd â phob un ohonynt ers i Freyja ddod i'r ysgol i siarad. Deg ar hugain oed oedd hi, er y byddai Gwawr wedi tyngu ei bod hi'n iau pan ddaethai i'r ysgol. Roedd Gwenda ddeng mlynedd yn hŷn wedyn, tua'r un oed ag Elain, ac yn un o'i chyd-gynghorwyr ar Gyngor yr Ynys. Roedd Gwenda'n rhywun y byddai Gwawr yn ei gweld o bryd i'w gilydd yn y Llyfrgell, yn pori drwy'r hen lyfrau, a gwyddai Gwawr ei bod hi wedi bod ar y daith i Norwy bum mlynedd ynghynt. Olaf Hagen oedd agosaf at ei hoed hi, ac roedd Gunnar, y pedwerydd teithiwr, yn hen law arni: hon fyddai pedwaredd daith yr hynafgwr hanner cant, a'r ail dro iddo fod yn gapten.

Doedd Gwawr ddim yn gyfarwydd iawn â Gunnar, er iddi ei weld droeon yng nghwmni ei rhieni neu rieni Cai. Rhyw bresenoldeb o bell oedd e, rhywun a godai ofn arni braidd am nad oedd e byth i'w weld yn gwenu. Byddai Gunnar, Elain ac Idris, ac Anders a Gwen yn aml yn hel yng nghartrefi ei gilydd i drafod problemau technegol y system drydanol, neu sut i gynyddu cnydau a chyflymu tyfiant y coed helyg yn y blanhigfa, neu unrhyw un o gant a mil o broblemau technegol eraill yr Ynys o ddydd i ddydd. Ond ni ddangosodd Gunnar erioed unrhyw ddiddordeb yn y plant ar y naill aelwyd na'r llall.

Yn ddiweddar, roedd eu sylw, fel y rhan fwyaf o wyddonwyr yr Ynys, yn gynyddol ar wella gwasanaeth y radio gweithredol a oedd wedi'i leoli ar ben y mynydd uwchben y dref, radio a oedd wedi codi ambell friwsionyn o gysylltiad ag eraill mewn rhannau anghyfannedd o Ewrop dros y blynyddoedd diwethaf. Ond roedd yn tueddu i dorri yn amlach nag y gweithiai am fod rhai o'r rhannau ynddo yn hen ac angen eu hadnewyddu â deunyddiau nad oedden nhw i'w cael ar yr Ynys.

Cofiodd Gwawr mai'r radio oedd wedi llywio cymaint o fywyd Mam Un ar yr Ynys. Dôi â newyddion o ben draw'r byd, a phrin ddim ohono'n newyddion da. Pan fu farw'r gwirionedd yn 2016, merch ysgol yn ei blwyddyn olaf oedd Rhian, yn astudio ar gyfer rhywbeth a elwid yn Lefel A, rhyw fath o brawf ar allu. Byddai gwneud yn dda yn y prawf yn ei galluogi i fynd yn ei blaen i goleg yng Nghaerdydd, a oedd yn cael ei galw'n brifddinas, rhywbeth mwy na dinas, mwy na thref, mwy na phentref... Doedd ffigurau poblogaeth y llyfrau ddim yn golygu llawer i Gwawr, ar wahân i wybod bod traean o filiwn o bobl yn byw yng Nghaerdydd Rhian, a phrin ddwy fil oedd ar yr Ynys i gyd.

Wedyn, roedd rhywbeth wedi digwydd pan oedd Rhian yng Nghaerdydd, 'damwain car' yn ôl y Dyddiadur, a oedd wedi lladd ei thad a'i mam. Welodd Gwawr erioed gar, ond roedd hi'n dychmygu bod cyflymder y fath beth yn erchyll os oedd gwrthdrawiad rhwng ceir a'i gilydd yn gallu lladd rhywun. Tebyg i gael eich taro gan un o esgyll y melin wynt, falle, ystyriodd. Neu gwch hwylio ar asgell y gwynt.

Ceisiodd Gwawr ddychmygu colli ei rhieni, a gallodd gydymdeimlo i raddau â Mam Un, achos cofiai'r cwmwl mawr yn hofran drostyn nhw pan aeth Alun yn sâl gyda'r canser, ac wedyn pan fuodd e farw.

Roedd Mam Un yn nodi yn ei Dyddiadur bob tro y byddai gan y radio rywbeth pwysig i'w ddweud. Ac roedd 'na bethau'n digwydd: rhyfeloedd, pan oedd gwledydd yn ffraeo, a thaflu pethau at ei gilydd, pethau mawr, mor fawr fel eu bod nhw'n achosi i'r tywydd newid, a gwenwyno'r cymylau. Daliai Gwawr ei hun yn meddwl am gewri a bwystfilod Morten.

Ac wrth i'r tywydd newid ar y ddaear, fe fu'n rhaid i'r bobl gysgodi rhagddo, mynd o dan y ddaear am fod y tywydd yn bwrw canser i lawr ar y bobol ac yn eu lladd. Ac fe fu dafnau o'r canser yn byw yn y cymylau am flynyddoedd lawer, ac roedden nhw'n dal i fyw yno, er bod llai ohonyn nhw bellach, a dim ond rhai, fel Alun, yn marw. Roedd Gwawr wedi cael y gwersi bioleg a'r gwersi cemeg ac yn gwybod, neu'n rhyw fath o wybod, sut roedd atomau'n cael eu hollti. Gwyddai mai ar awyrennau y câi'r taflegrau niwclear hyn eu cludo, ond ni fedrai yn ei byw ddychmygu awyren: rhywbeth yn hofran yn yr awyr heb ddisgyn, fel aderyn mawr, metel, meddai Anwen yn yr ysgol. Ond doedd Gwawr erioed wedi gweld aderyn chwaith, dim ond mewn llyfrau. Soniai'r rhai a ddaeth yn ôl o'r teithiau am wylanod a brain a welsant ar y tir mawr, a mynnai'r Ynyswyr eu bod yn disgrifio'n fanwl bob tro sut beth oedd gweld creadur yn codi drwy'r awyr heb gwympo, yn groes i bob rheswm.

Roedd Rhian wedi dweud yn y Dyddiadur mai yn 2016 y dechreuodd y drwg i gyd, pan ddechreuodd gwledydd gweryla'n gas â'i gilydd, yn union fel roedd Lleu a Gwion yn cweryla, ac wedyn un yn mynd yn rhy bell a dechrau taflu darnau o bren at y llall, a'r llall yn chwilio am gerrig bach i'w taflu'n ôl, a cherrig mwy… Wel, pen draw hynny oedd rhyfel niwclear, barnodd Gwawr. Ac fe ddaeth unigolion drwg i arwain y bobl i wneud pethau drwg i'w gilydd, er nad oedd y bobl eu hunain yn ddrwg, yn ôl Rhian.

*

I lawr wrth yr afon yr oedd Cai pan gafodd hi afael arno o'r diwedd, i drafod y Daith. Teimlai nad oedd hi wedi cael gorfoleddu'n iawn ei bod hi'n cael mynd, am na chawsai gyfle i rannu ei chyffro â Cai. Drwy rannu ei chyffro ag e y dôi'r cyfan yn real mewn gwirionedd, barnai, ac roedd hi wedi dechrau teimlo siom nad oedd e wedi rhedeg ati yr eiliad y clywodd am ei newyddion da, achos byddai wedi cael gwybod yn syth, gan fod rhestr y bobl a âi ar y Daith yn destun siarad i bawb ar yr Ynys.

Roedd Cai wrthi gyda dau neu dri o fechgyn eraill yn codi casgenni o ddŵr ar y drol dynnu i'w gludo i'r dref, gwaith y câi'r bobl ifanc bwyntiau credyd am wirfoddoli i'w wneud, i ategu gwaith y Llu er lles y gymuned. Rhaid ei fod wedi'i gweld hi'n nesu, gan iddo gamu oddi wrth y bechgyn eraill a rhoi ei ddwylo ar ei ystlysau fel pe bai'n cymryd hoe.

'Ti 'di bod yn ddierth,' meddai hi wrtho.

'Hm,' meddai Cai. 'Prysur dwi… fel gweli di.'

'Ddim bob amser. Ddim yn yr ysgol. Dwyt ti erioed wedi bod yn brysur yn yr ysgol ers i fi dy nabod di.'

Ceisiodd ysgafnu dipyn ar awyrgylch a deimlai'n fygythiol rhyngddyn nhw. Chwarddodd Cai ddim, a sylweddolodd Gwawr fod yna faen tramgwydd wedi dod o rywle. Y Daith. Beth arall? Ond pa wrthwynebiad fyddai ganddo? Roedd hi eisoes wedi dweud wrtho ei bod hi eisiau mynd.

'Ti'n fy osgoi i,' meddai Gwawr wrtho, a theimlo rhyw deimlad rhyfedd yn ei hymysgaroedd. Doedd hi erioed wedi ffraeo â'i ffrind gorau – ei hunig ffrind go iawn. Doedd hi erioed wedi dannod pethau iddo fel hyn o'r blaen, y mathau o bethau roedd gwŷr a gwragedd yn eu gwarafun i'w gilydd, neu gariadon, neu… ond nid perthynas felly oedd ganddyn nhw.

'Na,' meddai Cai.

'Y Daith sy'n dy boeni di,' dechreuodd.

'Ddim o gwbwl. Cer di, cer i ben draw'r byd. 'Sdim ots 'da fi,' meddai Cai, ychydig bach yn fabïaidd, barnodd Gwawr.

'Wela i,' meddai Gwawr, achos roedd hi'n dechrau gweld bellach. 'Ti'n pwdu achos bo' fi heb sôn wrthot ti,' a daliodd Gwawr ati i siarad dros ei brotestiadau nad oedd e'n pwdu, wir. 'Ond fe wedes i wrthot ti. Wedes i hoffen i fynd ar y Daith.'

'Fe gymres i mai siarad ar dy gyfer o't ti.'

'O'n i o ddifri. Nawr, wyt ti'n mynd i dyfu fyny a bod yn hapus drosta i? 'Mod i'n ca'l neud fel dwi isie neud, gwireddu breuddwyd oes?'

'A beth amdana i?!'

Roedd e wedi lledu ei freichiau, ac fe gafodd Gwawr ofn y taerineb yn ei gwestiwn. Chlywodd hi erioed mohono mor daer. Syllai arni, a'i lygaid mawr brown led y pen ar agor, a chyffyrddiad o boen yn y crychau ar ei dalcen.

'Byddi di'n iawn...' dechreuodd Gwawr, wedi'i synnu braidd. Doedd hi erioed wedi dychmygu eu bod nhw mor ddibynnol ar ei gilydd.

'Na fydda. Fydda i ddim. Achos...' a sychodd y geiriau. Trodd ei gefn arni.

'Achos be?'

'Achos... dwi isie dod hefyd,' meddai, a'i lais yn gryg braidd. 'GwawraCai, CaiaGwawr... ni wastad yn cael anturiaethau gyda'n gilydd.'

Rhythodd Gwawr arno, prin yn dirnad beth roedd e'n awgrymu.

'Pan o'n ni'n blant...' cynigiodd. 'Ond ry'n ni'n oedolion nawr, fwy neu lai.'

'O's ots? Yr un rhei ydyn ni.'

Anadlodd Gwawr yn drwm. Edrychodd o'i hamgylch am garreg i eistedd arni. Doedd hyn ddim yn mynd i gael ei ddatrys ar chwarae bach.

'Beth am dy rieni di?'

'Beth amdanyn nhw? Bydden nhw'n fwy tebygol o roi'r ysgol ar dân a gosod Seimon ar ei phen hi i losgi na gadael i fi fynd ar y Daith.'

'Bydda i'n ôl mewn rhai misoedd...'

'Blwyddyn a phedwar mis, 'na'r bwriad o leia, heblaw bod rhwbeth yn eich cadw chi yno'n hirach.'

'Ti wedi bod yn neud dy waith cartre.' Allai Gwawr ddim deall y newid ynddo. Roedd e wedi chwerthin am ei phen am sôn cymaint yr hoffai hi fynd ar y Daith, heb roi'r argraff o gwbl y byddai yntau'n hoffi dod.

'Os mai gweld 'y ngholli i —' dechreuodd, ond torrodd Cai ar ei thraws.

'Bydden, wrth gwrs y bydden i. Ond ddim 'na'r pwynt. Isie mynd ar y Daith dwi. Fe fydden i isie mynd p'un a fyddet ti arni neu beidio. O'n i'n chwerthin ar dy ben di am nad o'n i'n credu y bydde gen ti obeth ca'l mynd. A nawr bod, wel... fe fydden inne'n hoffi mynd hefyd. Ond do's gyda fi ddim mam ar Gyngor yr Ynys...'

'Ti'n meddwl mai ffafriaeth yw hyn?'

'Ydw!' atebodd Cai ar ei ben, cyn pwyllo: 'Nadw. Dy fam yw'r awdurdod ar y teithie. Ma hi'n gwbod pa mor bwysig y'n nhw, ac yn gwbod cymaint gallet ti elwa o fynd. Dyw Mam ddim yn deall. Athrawes yw hi, nid gwyddonydd. Gweld 'y ngholli i wnâi hi, nid gweld beth gollen i drwy beidio â mynd.

Symud.' A symudodd Gwawr draw i wneud lle i Cai gyrcydu wrth ei hymyl. Anadlodd yn ddwfn.

Anadlodd Cai'n ddwfn hefyd, a doedd yr un o'r ddau ronyn callach.

'Wel…' dechreuodd Gwawr yn betrus ymhen hir a hwyr, 'rhaid i ti addo ar boen dy fywyd nad wyt ti'n gweud wrth neb mai fi awgrymodd hyn, ond…'

A disgrifiodd Gwawr i Cai yn fanwl beth y dylai ei wneud.

13

Cynyddodd y paratoadau wrth i'r wythnosau lithro heibio. Roedd Gwawr wedi pacio'i dillad i un o hen gesys mawr solet y bobl gyntaf, a gedwid yn un o selerydd y Llyfrgell, ac a oedd yr un mor wydn heddiw â chanrif ynghynt. Cawsai ei mesur ar gyfer dillad glaw o hen ddeunyddiau rwber, wedi'u creu'n arbennig ar ei chyfer i wrthsefyll y tonnau, a bu wrthi, yn ddyddiol bron, yn mireinio'i sgiliau hwylio yn y bae wrth y dref.

Er pan oedd yn blentyn, roedd ei thad a'i mam wedi bod yn ei hyfforddi i hwylio, fel pob un o blant yr Ynys. Ac roedd yr ysgol yn gwneud ei siâr o ddarparu hyfforddiant sgiliau morol i'r disgyblion – pysgota, hwylio, bywydeg y môr, astudio'r tywydd, mordwyo a chyfeiriadaeth, sgiliau goroesi. Ond roedd y Daith yn mynd i alw am fwy o adnoddau ar ei rhan na'r hyn oedd ei angen i hwylio o amgylch yr Ynys a physgota yn y bae. Hefyd, roedd ganddi andros o waith dal i fyny â'r lleill i ddod yn gwbl gyfarwydd â'r cwch, a fedyddiwyd yn *Mimosa II* ar ôl y Cymry a aeth i Batagonia ben arall y byd, dros ddwy ganrif a hanner ynghynt.

Bob dydd, âi i lawr i'r bae at y cwch, a oedd bellach wedi'i baratoi a'i gyfarparu ar gyfer y Daith, ac i hwylio am awr neu ddwy o amgylch y bae ac o gwmpas y trwyn ar gyrion y dref.

Daeth i arfer â symudiadau a thueddiadau bach unigryw'r *Mimosa*, â'i sigl a'i swae, a dod i wybod yn union beth oedd pwrpas pob un o'r rhaffau, lle yr aent, eu trwch a'u hyd, pa bryd i ollwng pa hwyliau a'u codi yn eu holau. Daeth i werthfawrogi'r gwaith a wnaed ar y cwch, y grefft a berthynai iddo, a chymaint â wnaed o adnoddau prin yr Ynys. Cafodd ei greu o weddillion cychod a llongau a lansiwyd dros ganrif ynghynt, cyn y Diwedd Mawr, cymaint o weddillion ag a oedd ar ôl heb eu defnyddio eisoes at filoedd o wahanol ddibenion dros y degawdau. Bu un o bwyllgorau'r Cyngor yn gweithio ar gynlluniau ar gyfer y *Mimosa* ers pedair blynedd a mwy, ers i'r cwch arall ddychwelyd o Norwy.

Er iddyn nhw fod yn hwylio'n ddyddiol ynddo ers wythnosau lawer, ni fyddai'r lansio ffurfiol yn digwydd tan fore cychwyn y daith dros y môr.

*

Rai dyddiau cyn y Daith, roedd Gwawr wedi dianc i fflat ei mam-gu i roi trefn ar dudalennau ei chopi o'r Dyddiadur. Roedd hi wedi gorffen y gwaith o'i gopïo yn yr ysgol y diwrnod hwnnw, ac Anwen wedi rhoi cwtsh mawr iddi am y fath orchest. Roedd tua wyth neu naw o gopïau llawn o'r Dyddiadur yn y Llyfrgell, ond hi oedd yr unig blentyn ysgol a aeth i'r drafferth o gopïo'r cyfan.

'Ti wedi bod â dy fryd ar fynd i Gymru o'r cychwyn cynta un, ma raid,' meddai Anwen wrthi y prynhawn hwnnw. 'Byth ers i ni ddechrau astudio'r Dyddiadur.'

'A chyn hynny, a dweud y gwir,' cyfaddefodd Gwawr.

'Clywed Mam-gu'n siarad, fel ma'r hen bobl i gyd. Ma'n ddigon i godi awydd.'

A nawr, dyma hi, yn barod i fynd. Clywodd ei mam-gu'n stryffaglu gyda'r llestri. Gobeithiai y gallai ddod i lawr i'r bae i ffarwelio â hi ar fore dechrau'r Daith, ond roedd y dirywiad yn ei mam-gu'n glir, a gwyddai Gwawr yn ei chalon na fyddai hi yno. Treuliai fwy o'i hamser yma, gyda'r nosweithiau ar ôl ysgol, yn yfed o'i chwmni tra gallai. Ond roedd yr holl baratoadau yn cyfyngu ar yr amser yr hoffai fod wedi'i dreulio gyda hi.

Yn oriau hir y nos, a hithau'n effro, yn methu cysgu gan gyffro, a thamaid o ofn, gwyddai y gallai'n hawdd fod na welai'r un o'i theulu eto, ond roedd realiti salwch ei mam-gu'n rhoi mwy o fin ar bethau.

Cododd y dalennau o'r Dyddiadur a oedd wedi'u taenu dros wely ei mam-gu, a'u gosod yn eu trefn. Glaniodd ei llygaid ar gofnod Mam Un a ysgrifennodd ym mis Gorffennaf 2031, tua deuddeg mis wedi'r Diwedd Mawr, yr adeg waethaf un i'r bobl gyntaf:

Gorffennaf 12fed, 2031

Mae'n anobeithiol, ac ni chredais erioed y bydden i'n dweud hynny. Does dim bwyd ar ôl. Dim, yn llythrennol. Fe lyfodd y cŵn fysedd Ella, wedi iddi gael y ffeuen olaf o'r tun olaf y bore 'ma. Ac mae'r dŵr yn beryglus – wedi'n cynnal ni ers dros flwyddyn, a nawr yn wenwynig, wedi madreddu am fod y system sydd wedi'i gadw wedi'i rewi hyd yma yn yr ogof wedi torri. Aeth Harald yn sâl ar ôl ei yfed ddoe.

Rhaid i ni fynd allan, ac mae'r sylweddoliad yn ein diflasu i'r eithaf. Does dim dal beth fydd yn ein hwynebu. Gwenwyn, yn bendant. Cysurwn ein hunain fod aer wedi bod yn dod i mewn i'r ogof ers y dechrau a neb – eto – wedi marw o'i effaith. 49 i mewn, a 49 allan, os bydd Harald byw.

Pa mor wir fydd hynny wedi i ni adael yr ogof, nid oes neb yn gwybod. Yn ôl Lars, sy'n gwybod rhywfaint am effeithiau ymbelydredd yn sgil ffrwydrad niwclear, fe fydd y gaeaf niwclear yn cynnwys cymylau trwchus o lwch, a bydd llwch hefyd yn gorwedd dros y tir i gyd. Cyfyngir ar wres yr haul, felly fe fydd hi'n oerach, fel pe na bai'n ddigon oer yn yr Arctig. Ond bydd cynhesu byd-eang ar gynnydd, felly fe ddaw'r ddaear yn gynhesach gydag amser, llai o eira, mwy o lwch.

Bydd yna ymbelydredd, a fydd neb yn gwybod faint, hyd nes y bydd rhai ohonom yn marw.

Allwn ni ddim aros yma i lwgu i farwolaeth. Rhaid i ni fynd allan, i ffrio mewn ymbelydredd. Ac i obeithio.

Mae gobaith eisoes yn glwyf gwaeth na'r un ymhlith poblogaeth yr ogof.

'Paned?'

Roedd ei mam-gu wedi dod i mewn i'r stafell heb i Gwawr ei chlywed, ac estyn cwpanaid o laeth poeth iddi. Doedd gan Gwawr mo'r galon i'w wrthod, er na allai oddef llaeth carw.

Sipiodd Gwawr y llaeth cynnes. 'Pan ddaethon nhw allan o'r ogof, beth welon nhw? Sut oedd hi yma? Mae'n anodd dychmygu.'

'Ma raid i ti gofio bod ymbelydredd yn anweledig. Fydden

nhw ddim wedi gweld beth oedd yn eu lladd nhw. Doedd beth welon nhw fawr gwahanol i beth sy 'ma nawr, heblaw am y llwch, wrth gwrs. Yr un pethe sy gyda ni ag oedd yno, ac ar wahân i beth ddoth yn ôl o'r teithiau i Norwy, does dim llawer wedi newid. Ma'r ffermydd yn bodoli, wrth gwrs, y cŵn, y ceirw, y fridfa forloi a'r llysieudai… o leia ma'r tywydd wedi bod o'n plaid ni. Ond diolch i'r drefn fod digon o geirw wedi goroesi'r gwenwyn, a morloi, drwy ryw ryfedd wyrth.'

Synnodd Gwawr ei chlywed yn diolch i'r 'drefn' ac yn sôn am wyrthiau: chlywodd hi erioed mo'i mam-gu yn sôn am bethau felly o'r blaen.

Symudodd ei mam-gu at y gist fach bren wrth droed y gwely, lle cadwai ei phethau pwysig i gyd. Estynnodd i'w gwaelod, a chlywodd Gwawr yr ymdrech ar ei hanadl.

'Ddoi di lawr i'r cei ddydd Iau? I 'ngweld i'n mynd?' Roedd Gwawr eisiau sicrwydd, eisiau gwybod y byddai popeth yn iawn. Ac eto, roedd hi'n hen gyfarwydd â'r cysgodion llwyd ac oren ar wyneb ei mam-gu, ar yr olwg lipa, fel pe bai ei thu mewn hi wedi dod allan ohoni, gan adael ei chroen fel dilledyn rhy fawr amdani.

'Wrth gwrs y do i,' meddai ei mam-gu, heb edrych arni. 'Isie i ti ga'l rhywbeth gen i, rha—'

Gadawodd y 'rhag ofn' heb ei yngan. Gwyddai Gwawr gystal â hithau na fyddai ganddi'r nerth i ddod i lawr i ffarwelio â'r cwch. A gwyddai'r ddwy gystal â'i gilydd hefyd na fyddai hi yno i groesawu'r *Mimosa* yn ôl.

Cododd ei mam-gu o'i chwrcwd yn boenus, ac estyn ei

dwrn i Gwawr: 'Hon. Wnes i rioed ei dangos hi i ti, nac i fawr o neb. Mam roth hi i fi, gan ei mam-gu hithau…'

'Mam Un!' ebychodd Gwawr, gan afael yn y garreg fach roedd ei mam-gu newydd ei rhoi yn ei llaw.

'Roedd hi i fod i fynd gyda gweddill y creiriau i'r archif pan oedden nhw'n casglu pethau Mam Un at ei gilydd beth amser ar ôl iddi farw, ond fe roddodd Mam hi i fi, a gofyn i fi ei chadw'n gyfrinach.'

Am eiliad, daeth disgleirdeb drygionus i lygaid ei mam-gu.

Trodd Gwawr y garreg drosodd yn ei llaw, yn ofalus, fel pe bai hi'n ddarn o grochenwaith bregus, neu aur prin. Sylwodd fod geiriau wedi'u peintio'n fychan fach arni, a chododd hi'n agosach i'w gweld. Mewn ysgrifen gain roedd y geiriau 'I Rhian. Pob hwyl ar dy antur fawr. Cariad Enid X' mewn paent coch arni. Cofiodd Gwawr mai Enid oedd enw chwaer Mam Un, yr Enid yr hiraethai Mam Un amdani yn y Dyddiadur.

'Fe ddwedodd Mam wrtha i mai'r diwrnod cyn iddi ddod yma am y tro cynta y cafodd Rhian y garreg. Roedd Rhian, ac Enid ei chwaer, wedi treulio'r diwrnod ar y traeth yn Aberystwyth, ac fe beintiodd Enid y neges fach hon i Rhian ar garreg o'r traeth, iddi gael cofio amdani pan fydde hi yma.'

Carreg lefn, lwyd o'r môr, ac arlliw o wyn disglair fel gwregys amdani, a'r wyneb gyda'r ysgrifen arno ychydig yn fwy gwastad.

'Y diwrnod wedyn, roedd hi'n mynd drwy'r awyr yn un o'r pethau 'na oedd ganddyn nhw —'

'Awyren,' meddai Gwawr.

'Ie, a'r garreg gyda hi.'

'Ma'r paent wedi cadw.' Astudiodd Gwawr y neges. 'Mae e mor glir.'

'Fe ddwedodd Mam Un wrtha i mai paent oedd ganddyn nhw i beintio'u hewinedd oedd e,' meddai mam-gu gan wenu. 'Alli di ddychmygu'r fath beth?'

Cofiodd Gwawr amdani hi a Cai, flynyddoedd yn ôl, yn peintio'u hwynebau â phridd gwlyb o waelod y nant ar lwybr y mynydd, yn ceisio edrych fel y clowniau a welodd y ddau mewn llyfr, a'r hwyl gawson nhw. Rhaid bod peintio ewinedd yn debyg, ar draeth mewn gwlad bell, lle nad oedd pelydrau anweledig yn lladd.

Aberystwyth... roedd hi wedi darllen cymaint ar y Dyddiadur nes ei bod yn teimlo bod y lle'n weddol gyfarwydd iddi bellach.

'Cer â hi'n ôl i'r traeth o lle daeth hi,' meddai ei mam-gu'n dawel.

Anwesodd Gwawr y garreg: roedd Mam Un wedi cydio yn hon, wedi ei throi rhwng ei dwylo. Byddai ei hatomau drosti, yn gadwyn a'u cysylltai drwy amser, fel edrych ar y sêr a gwybod eu bod nhw'n perthyn i ddiniweidrwydd y cyn, a hithau'n perthyn i'r ar ôl, a'u gweld yn cydio rhwng y ddau, y cyn a'r ar ôl.

Daeth dagrau i'w llygaid, ac estynnodd am fraich ei mam-gu.

'Shsh,' synhwyrodd ei mam-gu. 'Ma gen ti dy daith, ac ma gen i fy un inne. Fel hyn ma hi i fod.'

A gwasgodd ei mam-gu'r llaw oedd yn dal y garreg yn dynn, dynn, gan fod ynddi nerth wedi'r cyfan.

14

ROEDD PAWB YNO, y byd i gyd wedi dod allan i ffarwelio â nhw. Welodd Gwawr erioed gymaint o dyrfa. Byddai pawb ar yr Ynys yn dod allan ar ddiwrnod gŵyl, ar ddiwrnod canol haf, a Diwrnod Gadael-yr-Ogof ar Orffennaf y 27ain bob blwyddyn. Byddent yn cynnal cystadlaethau dawnsio a chanu, a chreu offerynnau a chrefftau eraill, gyda'r brif wobr, cadair wiail gan saer hynaf yr Ynys bob blwyddyn, yn cael ei rhoi am Syniad y Flwyddyn, i wobrwyo technoleg, arloesedd a dyfeisgarwch.

Ond roedd rhagor o drigolion yr Ynys yma heddiw – pawb, o'r ieuengaf, Euros bach tair wythnos oed, i'r hynaf, Arne'r Gwehydd, yn 79. O'r platfform bach wrth ymyl y llithrfa at y cwch mawr a dra-arglwyddiaethai yn y bae, edrychodd Gwawr dros yr wynebau, ei theulu, ei chydnabod a rhai nad oedd hi'n rhy gyfarwydd â hwy. Cannoedd ar gannoedd o bobl a phlant.

Pawb ond ei mam-gu.

Roedd ei mam wedi bod draw yno, yn gynnar, cyn iddi oleuo. Daethai o'r tŷ yn bryderus, ond yn cadw'r gwir rhag Gwawr, oedd yn ei chanol hi'n ailarchwilio cynnwys y cês oedd ganddi ar gyfer y Daith, ac yna'n ei archwilio wedyn fel peth gwirion. Ers y bore bach, a chyn hynny, gan na chysgodd y nesa peth i ddim yn ei chynnwrf, roedd wedi bod ar bigau'r drain yn mynd dros y gorchwylion olaf yn ei meddwl, unrhyw beth y gallai fod wedi'i anghofio, a'r cyfan er mwyn peidio â threulio munud heb orchwyl i lenwi ei phen, rhag i bethau eraill fynd i mewn iddo – ofn, hiraeth, edifeirwch, y pethau na allai feiddio'u gadael i mewn.

A nawr, roedden nhw wedi cyrraedd y cei ar gyrion y dref. Cariai ei thad ei chês a chariai ei mam ei chot, a'r babi yn ei sling o'i blaen. Roedd ei mam wedi osgoi bod yn llonydd yn ddigon hir i siarad yn iawn o'r eiliad y cododd hi, a gwyddai Gwawr mai er mwyn cuddio ei gwir deimladau y cadwai'n brysur, gan ei bod hithau hefyd yn awyddus iawn i beidio â bradychu ei theimladau. Ond synhwyrai fod hynny ar fin newid, gan nad oedd dim ar ôl i'w wneud ond ffarwelio.

Roedd Hilde, Llywydd Cyngor yr Ynys, yn annerch y criw a thrigolion yr Ynys yn Norwyeg, gan enwi pob aelod o'r criw yn unigol: dywedodd wrth Freyja am gofio pa mor bwysig oedd iddi arfer ei greddf chwim yn wyneb pob problem; wrth Gunnar am gofio mai fe oedd y dyn cryf yn eu plith, ac i gynnig ei nerth corfforol pan fo angen dros y lleill; wrth Olaf am arfer ei synnwyr digrifwch, a fyddai'n eu cynnal ar adegau anos na'i gilydd; wrth Gwenda am eu cynnal yn feddyliol drwy bob storm, gan mai hi oedd y mwyaf gwydn o'r criw; ac wrth Gwawr am gofio peidio â chuddio'i synnwyr cyffredin a'i gallu naturiol i addasu i bob math o amgylchiad o dan ryw ostyngeiddrwydd am mai hi oedd yr ieuengaf. Roedden nhw i gyd yr un oed ar y daith hon, yn bobl ddewraf yr Ynys, a fyddai'n cludo pethau'n ôl i'w galluogi i oroesi am ddegawdau eto, neu i ddarganfod tiroedd newydd, pobl newydd hyd yn oed, a fyddai'n agor eu byd, yn cynnig dyfodol newydd iddyn nhw i gyd.

Wedyn, yn Gymraeg, dechreuodd Hilde ymhelaethu am y pethau da oedd gan fam Olaf, athro ysgol gynradd Freyja, cyfnither Gwawr, cymdoges Gunnar, a'r byd a'r betws i'w dweud am bob un ohonyn nhw, a wedyn beth oedd gan bobl eraill i'w ddweud amdanyn nhw, nes ei bod wedi enwi'r rhan fwyaf o drigolion yr Ynys.

'Pryd ar wyneb y ddaear daw hon i ben?' gofynnodd Gwawr i'w mam dan ei gwynt.

A dyna pryd y trawyd Elain gan yr ofn oedd wedi bod yn llechu rownd y gornel ers y bore bach, ers dyddiau, ers wythnosau, ers i Gwawr ddweud ei bod hi am ymuno â'r criw, ac fe afaelodd yn sydyn ym mraich Gwawr wrth ei hymyl, a dechrau crio.

'O, Mam!' dechreuodd Gwawr, o ddiflastod yn fwy na dim, a chryn dipyn o embaras hefyd. Roedd hi wedi gobeithio osgoi hyn.

Ond rhoddodd ei breichiau am ei mam ac Efan, a gwasgu'r ddau'n dynn. Teimlai ei mam yn beichio crio ar ei hysgwydd. Edrychodd ar ei thad a gwybod na fyddai hwnnw'n hir cyn dechrau arni hefyd. Tynnodd yntau hefyd i mewn i'w choflaid a thyrrodd y bechgyn o gwmpas eu coesau.

Erbyn hyn roedd Hilde wedi tewi, a theuluoedd pob aelod o'r criw'n cofleidio'r teithwyr yn fydylau clòs ar y cei tra gwyliai'r teuluoedd estynedig a gweddill poblogaeth yr Ynys, gan ddiolch yn dawel bach nad oedd eu hanwyliaid nhw'n mynd i groesi môr yr Arctig mewn cwch ar drugaredd y tywydd, a phob dim arall y gallai byd dieithr ei daflu atyn nhw.

'Edrychwch ar ôl Mam-gu,' meddai Gwawr, gan lyncu ei phoer i geisio atal y dagrau.

'Ble ma Cai?' holodd Lleu, gan edrych o'i gwmpas.

'Yma rywle,' atebodd Gwawr, heb godi ei phen o goflaid ei rhieni.

'Ma'i fam a'i dad a'i frawd e draw fan'na,' meddai Lleu. ''Sen i wedi meddwl falle bydde *fe* yma, o bawb.'

Tynnodd Gwawr ei hun yn rhydd o freichiau ei rhieni. Sychodd ei llygaid a sythu. Roedd hi'n bryd cychwyn. Yma y bydden nhw fel arall, ac oriau o olau dydd i hwylio yn mynd yn wastraff. Edrychodd draw at lle roedd Olaf a Gwenda'n datglymu'r rhaffau a gadwai'r cwch yn sownd, a Gunnar yn amlwg ar bigau.

'Deunaw mis fan bella,' meddai'n gadarn, gan ofalu peidio â gadael i'w llais ei bradychu. 'Wela i chi.'

Yna, heb goflaid na chusan arall, trodd ei chefn ar ei theulu.

Rhoddodd ei llaw yn y boced a wnïodd i'r trowsus rwber a wisgai a rhwbio'r garreg lwyd rhwng ei bysedd, yn teimlo hiraeth am ei theulu'n barod, a mwy fyth o hiraeth am ei mam-gu.

Paid â meddwl gormod, ceryddodd ei hun wrth gamu ar y *Mimosa*.

15

CORDDAI STUMOG GWAWR lawer yn waeth allan ar y môr mawr nag a wnaethai yn y bae wrth ymyl y dref. Do, roedden nhw wedi hwylio ymhellach oddi wrth yr Ynys wrth baratoi ar gyfer y Daith, wedi teithio am rai dyddiau ar fwy nag un achlysur. Ond roedd ei stumog yn fwy gwantan y diwrnod cyntaf hwnnw. Barnodd Gwawr mai holl gynnwrf y ffarwelio oedd yn gyfrifol am hynny.

Roedden nhw'n gweithio'n dda fel tîm, pawb yn gwybod ei le ac wedi hen arfer â'r rhaffau. Erbyn i'r Ynys lithro dros y gorwel cyn i'r haul ddiflannu'n llwyr ar y diwrnod cyntaf roedd pawb wedi setlo i drefn ac yn edrych ymlaen at gyrraedd pen arall y daith.

Doedd ei stumog ddim yn ddigon i'w hatal rhag cymryd ei lle wrth y rhaffau, ond roedd yr ysfa i daflu fyny yno drwy'r amser, yn cnoi yng ngwaelod ei bol. Roedd Freyja wedi sylwi bod golwg go lwydaidd arni, ac wedi bod yn tynnu ei choes am hynny, ond ni chymerai Gwawr fawr o sylw ohoni, dim ond rhyw droi ei thrwyn pan fyddai Freyja yn pasio'r bwced iddi i chwydu ynddo os oedd hi eisiau.

Wnaeth hi ddim. Ond teimlai fel rhegi Freyja am dynnu sylw at ei gwewyr.

Gwyddai hefyd na fyddai ei stumog hi'n gwella am rai

oriau eto. Erbyn y bore, bydden nhw wedi teithio'n ddigon pell.

Erbyn y bore, falle y dôi diwedd ar deimlo'n sâl.

*

Roedd Freyja wedi hen fynd o dan y dec i'w gwely, ac Olaf yn y caban hefyd, yn bwyta tamaid o gaws carw. Safai Gunnar wrth y llyw, yn gwylio'r môr yn llepian yn gysglyd yng ngolau'r lleuad, ac roedd Gwenda hefyd ym mhen-ôl y cwch yn ei chot croen carw, a oedd yn destun cenfigen y lleill gan mor gynnes yr edrychai. Chwaraeai Gwenda alaw fach Norwyaidd yn y cywair lleddf ar chwiban o goed helyg, wrth ymlacio ar ôl diwrnod ar y tonnau.

'Chwaraea alaw Gymreig,' meddai Gwawr wrthi, a newidiodd Gwenda'n syth i chwibanu 'Tŷ ar y Mynydd', a oedd yn llawer mwy llawen na'r alaw Norwyaidd.

Yn ei phen, roedd Gwawr yn diolch am y chwibanu. Pe bai hi'n gorfod siarad â Gunnar neu Gwenda, byddai ei llais wedi bradychu ei nerfusrwydd.

Roedd ganddi ddwy awr dda i aros eto, a chyda lwc byddai Gunnar neu Gwenda wedi mynd i lawr i glwydo erbyn hynny.

Y bore hwnnw, cyn gadael, roedd hi wedi gofyn am gael bod ar y shifft hwyr: i'w chadw rhag hel meddyliau cyn cysgu, meddai wrth y lleill. Ond roedd bod yn effro dros oriau'r nos yn hollbwysig.

Trodd i wynebu'r blaen, gan adael Gwenda a'i chwiban, a

rhoddodd ei stumog dro eto wrth iddi syllu i gyfeiriad y bad achub bach a oedd wedi'i gysylltu wrth ymyl y cwch. Roedd y llen o darpolin trwchus a orchuddiai'r cwch bach wedi agor rhywfaint – y rhaff a bwythai drwy'r cylchoedd ar ei ymyl wedi dod yn rhydd, a'r cynfas wedi codi. A fyddai Gunnar yn sylwi?

Pe bai hi'n nesu draw at y cwch bach ac yn ailosod yr haen drwchus o blastig, roedd peryg y byddai Gunnar yn dod ati, i weld pam roedd y rhaff wedi dod yn rhydd. Ond beth pe bai e'n digwydd edrych draw a sylwi drosto'i hun beth bynnag? Roedd hi'n rhy fuan: dim ond naw awr oedd yna ers iddyn nhw ffarwelio â'r Ynys dros y gorwel. Y cynllun oedd aros nes yr oriau mân o leiaf.

Tynnodd Gwawr ei chwfl mewnol yn dynnach am ei chlustiau, a'r cwfl allanol wedyn, fel na fyddai Gunnar yn gweld yr ofn yn ei llygaid.

'Dos i lawr,' galwodd Gunnar arni. 'Dwi'n iawn ar ben fy hun. Ac ma Gwenda allan.'

'Na…' dechreuodd Gwawr. 'Y stumog… ma'n well gen i aros allan.'

Stopiodd Gwenda chwibanu. 'Chest ti rioed broblem gyda dy stumog o'r blaen,' meddai. 'Yr holl ymarfer wnaethon ni…'

Gwthiodd Gwawr chwerthiniad didaro allan drwy'r mwgwd a arbedai waelod ei hwyneb rhag yr oerfel. 'Yr holl gynnwrf,' meddai. 'Fe ddaw gydag arfer.'

'Os wyt ti fel hyn pan ma'r môr fel llyn,' dechreuodd Gunnar, 'pa siâp fydd arnat ti pan gawn ni dywydd mawr?'

'Fe fydd digon o bethau eraill i boeni amdanyn nhw bryd hynny,' meddai Gwawr.

Eisteddodd ar y pren a wthiai allan wrth y cwch bach, gan obeithio na welai Gunnar heibio i hwnnw at y cynfas rhydd. Doedd eistedd ddim yn hawdd, a hithau'n gwisgo pum neu chwe haen o ddillad o dan ei chot, a'i gorchuddiai o'i chorun i'w sawdl. Roedd hi'n noson olau, a gallai weld y sêr yn glir, a olygai ei bod hi gymaint â hynny'n oerach. Pe bai'n disgyn radd neu ddwy yn is, neu pe bai'r awel yn codi, ni fyddai modd iddi aros allan.

Meddyliodd am Gymru. Byddai'n llawer cynhesach yno. Yn ôl yr hyn roedd ei mam wedi'i ddweud wrthi ar ôl astudio'r hen lyfrau, a gwneud ei chyfrifiadau ei hun o dymheredd yr Ynys a chyfrifo'r pellter rhwng y ddau le, byddai Cymru'n gynhesach nag y bu ers milenia. Methodd y brêcs ar gynhesu byd-eang weithio ar unwaith wedi i'r llygru ddod i ben, wedi i'r holl bobl ddiflannu, cymaint oedd y niwed a wnaethai pobl dros gwta ddwy ganrif.

Cofiai am Fam Un yn sôn am y dinistr. *Ffatrïoedd yn chwydu mwg am y gorau* oedd ei disgrifiad yn y Dyddiadur. *Braf cael dianc.*

Roedd Gwawr yn falch ei bod hi'n mynd i allu rhoi'r gorau i wisgo'i chot drom, a cherdded o gwmpas fel pe bai'n ganol haf bob diwrnod o'r flwyddyn. Gwres fyddai ei phroblem, a glaw nid eira. Glaw cynnes, yn wahanol i law'r Ynys.

Gan wylio Gunnar i wneud yn siŵr nad oedd e'n edrych arni, gwthiodd Gwawr ei hysgwydd yn erbyn y cynfas rhydd i geisio'i godi'n ôl dros y bwlch bach agored.

Clywodd sibrwd o dywyllwch y cwch bach wrth ei gwar, ac oerodd ei gwaed.

'Hei! Gad e fod, dwi'n methu anadlu!'

Gwasgodd Gwawr garreg Rhian yn dynn, dynn. Pam na allai gau ei geg? Pam roedd yn rhaid iddo sbwylio pob dim, y babi mawr ag oedd e? Difarai fod wedi cynllwynio gyda'r ffŵl. Byddai'n llawer gwell iddi fod wedi gadael iddo, gwneud fel roedd hi i fod i'w wneud, yn ufudd. Nawr, byddai Gunnar yn troi'r cwch a'i tharanu hi'n ôl am yr Ynys. Câi ei thaflu ar y lan mor ddiseremoni ag yntau.

Daeth llais Cai o'r cwch eto: 'Dwi bron â rhewi.'

Edrychodd Gwawr ar y sêr yn eu gwylio o'r gorffennol a cheisio meddwl pa mor bell oedd raid iddyn nhw fod i'w golau fod mor hen. Y saethydd a'i wregys tyn, y sosban, yr aradr... Pryd yw 'nawr' yn fan'na? meddyliodd, er mwyn ceisio peidio meddwl am Cai.

Penderfynodd mai gadael iddo oedd orau, mentro na fyddai Gunnar yn ei glywed, ac os anesmwythai Cai ddigon i Gunnar ei glywed, boed hynny fel y bo. Roedd pob milltir ychwanegol o fôr yn filltir ymhellach oddi cartref, yn filltir arall na fyddai Gunnar, gydag ychydig o lwc, yn fodlon troi rownd a'i theithio'n ôl adre.

'Dwi am fynd lawr.' Roedd Gwenda wedi rhoi'r gorau i chwibanu heb i Gwawr sylwi, a safai drosti.

'Iawn, ddo i mewn munud,' meddai Gwawr.

Yna roedd Gwenda wedi estyn drosti a thynnu'r cynfas yn ôl i'w le ar y cwch bach. Cododd y rhaff a oedd yn rhydd a dechrau ei phwytho drwy'r tyllau.

'Ers pryd ma hon yn rhydd? Gallen ni fod wedi colli'r cwch achub.'

Camodd Gunnar i lawr o ymyl y llyw tuag atyn nhw, a golwg flin yn ei lygaid uwch y mwgwd am ei geg. Archwiliodd y rhaff.

'Ma rhywun wedi agor hon,' dechreuodd. 'Pwy fydde…?'

'Damwain ma raid,' meddai Gwawr yn frysiog, gan wybod nad oedd diben iddi wadu.

Tynnodd Gwenda y cynfas yn dynnach, ac ar hynny, daeth braich i'r golwg o grombil y cwch bach, ac wyneb Cai i'w dilyn. 'Na, na, dwi'm yn gallu anadlu.'

Camodd Gunnar yn ôl yn ei ofn, a bu bron iddo faglu dros odre'i got. Gwaeddodd Gwenda yn ei dychryn: 'Beth yffach…?!'

Cododd Cai ar ei bengliniau i dynnu ei hun allan o'r cwch bach a stryffaglu allan ar y dec.

'Ti! Beth wyt ti wedi…? Ers pryd…? 'Sgen ti'm busnes… Arhosa di!' Baglodd Gwenda dros bob brawddeg heb allu meddwl yn glir. 'Pwy sy'n gwbod? Ydy dy fam yn gwbod? Y diawl bach!'

Roedd Gwenda'n ffrind i Gwen ers dyddiau ysgol. Daliodd ati i boeri cwestiynau at Cai: 'Ti 'di meddwl faint fydd hi'n poeni? Ti'n gwbwl anghyfrifol, dyna wyt ti, cwbwl anghyfrifol.'

Ond roedd Gunnar wedi troi at Gwawr: 'O't ti'n gwbod am hyn.'

Gosodiad, nid cwestiwn. Bu'n rhaid i Gwawr dynnu ei llygaid oddi ar ei rai ef mewn cywilydd. Teimlai fel merch fach. A dyna oedd hi, wedi'r cyfan – merch fach yn ceisio bod yn oedolyn. Ond yn rhy anghyfrifol i fod yn un.

'Beth gythrel sy'n mynd mla'n 'ma?' Roedd Olaf wedi dod i fyny o'r caban, a heb sylwi'n iawn fod rhywun arall yn eu plith. 'Ma'ch sŵn chi…' A glaniodd ei lygaid ar Cai.

'Cai. Wel, wel. Beth o'dd…? Digwydd pasio?'

Ond doedd Gunnar ddim yn meddu ar yr un synnwyr digrifwch ag Olaf. Roedd e'n gynddeiriog.

'Bydd rhaid i ni fynd 'nôl! Dyw'r cynllunie ddim yn addas i chwech.' Anelodd i fyny'r stepiau at y llyw.

'Gunnar.' Ceisiodd Gwawr fynd ar ei ôl i'w atal. 'Rho gyfle…'

Ond roedd Gunnar wedi taro'i braich o'r ffordd gyda'r fath rym nes iddi orfod gafael yn un o'r hwylbrennau i atal ei hun rhag cwympo.

'Galle hyn roi diwedd ar y daith i gyd. Y ffyliaid dwl, ry'ch chi wedi sbwylio'r cyfan.'

'Paid â'i beio hi.' Camodd Cai tuag ato, ac ymestyn i'w daldra llawn. Roedd e wedi codi ei law'n fygythiol. 'Dyw hyn yn ddim i neud â hi.'

Rhyfeddodd Gwawr at ei ddewrder anarferol. Ac ar yr un pryd, ofnai y byddai Gunnar yn ei daro, a dechrau sgarmes ar y dec.

''Sdim isie bod yn orddramatig,' dechreuodd Olaf.

'Cau dy geg!' torrodd Gunnar ar ei draws yn ffyrnig.

'Iawn. Digon teg,' meddai Olaf, a chodi ei law mewn ystum o ufudd-dod wrth gamu'n ôl.

Camodd Gwenda rhwng Cai a Gunnar a chodi ei

breichiau i'w hatal rhag nesu modfedd at ei gilydd.

'Nawr 'te, beth am i ni drafod hyn fel oedolion aeddfed?' meddai'n bwyllog.

Dechreuodd Gunnar ddadlau, ond rhoddodd Gwenda daw arno ar unwaith.

'Yn gall ac yn rhesymol.' Pwysleisiodd bob sillaf. 'I lawr yn y caban, allan o'r oerfel,' ychwanegodd. 'Olaf, cer di at y llyw.'

Camodd Gwawr i gyfeiriad y drws, a dilynodd Cai.

'Gunnar!' chwyrnodd Gwenda ar y capten.

Ac ar ôl anadlu'n ddwfn, ac ysgwyd ei ben yn rhwystredig, dilynodd Gunnar y tri i gaban y cwch.

16

O DRWCH BLEWYN, cytunodd Gunnar i beidio â throi trwyn y cwch yn ôl am yr Ynys. Roedd Gwawr wedi ymbil arno i adael i Cai ymuno â nhw, drwy ddadlau na allai pâr arall cryf o freichiau wneud dim byd ond lles. Er pan oedd e'n ddim o beth, roedd Cai wedi bod yn dilyn ei dad i bysgota yn y bae, ac wedi hen arfer hwylio.

Ofer fu ymdrechion Gwawr cyn y Daith i bwyso ar Cai i roi gwybod i'w fam beth oedd ei gynlluniau. Yn ei chalon, fe wyddai na lwyddai Cai i berswadio'r Cyngor i adael iddo ymuno â'r criw, fwy nag y llwyddai i berswadio'i fam i adael iddo fynd.

Cael a chael fu hi i Cai, gyda help Gwawr, weld ei gyfle yn oriau mân y bore hwnnw, a hithau'n dywyll fel y fagddu, i sleifio dan ochr yr haenau trwchus o blastig a orchuddiai ddec y cwch, a'r bad achub bach a gysylltwyd wrtho. Cariodd Gwawr fwndeli o flancedi iddo geisio cadw'n gynnes dros yr oriau o aros, cyn y gallai ddod i'r golwg heb i Gunnar orchymyn eu bod nhw'n mynd yn ôl i'r Ynys i gael gwared ar eu cargo diwahoddiad.

Yr unig beth a gadwodd Gwawr rhag newid ei meddwl dros yr wythnosau o gadw'r gyfrinach am gynllun Cai oedd y ffaith ei bod hi'n gwbl argyhoeddedig y byddai Cai'n help mawr i'r criw.

Dyna oedd prif fyrdwn ei dadleuon i geisio perswadio Gunnar i adael i Cai aros. Synnodd weld bod Olaf, pan ddaeth i lawr atyn nhw, yn cefnogi'n frwd. Ef a lwyddodd i gael Gunnar i ddistewi yn y diwedd, wedi iddo ymuno â Gwawr i ddadlau dros adael i Cai aros. Ni ddywedodd Gwenda fawr ddim y naill ffordd neu'r llall, ac aeth i gymryd lle Olaf wrth y llyw, a gadael iddyn nhw. Roedd Freyja wedi dihuno pan glywodd sŵn y lleill yn dadlau yn y caban, a bron na allai gredu ei llygaid wrth weld Cai yn sefyll yno. Ond buan iawn y trodd yn ôl am ei gwely. Byddai angen eu cwsg arnyn nhw, meddai Freyja, ac awgrymu'n gryf mai i'w gwlâu y dylai'r lleill fynd hefyd, gyda Cai i gysgu yn y chweched bync.

Mae'n bosib mai rhedeg allan o stêm wnaeth Gunnar, neu fod y darlun o'r cwch yn dychwelyd i'r bae wedi dim ond pedair awr ar hugain o hwylio yn destun gormod o boen a chywilydd iddo. Dyn a ŵyr am ba hyd y byddai'r cyfnod o dywydd braf yn para, a gallai ddifaru colli diwrnod cyfan cyn dod i olwg arfordir gogledd Norwy.

Aeth Gunnar i'w sach gysgu yn bwdlyd.

Mentrodd Gwawr a Cai gyfnewid gwên.

'Adawest ti nodyn?' holodd Gwawr. Rhan waetha'r cynllun oedd meddwl am y gwewyr i rieni Cai wrth iddyn nhw sylweddoli ei fod e wedi mynd.

'Wel, do siŵr. Byddan nhw wedi'i weld e erbyn hyn. A fues i'n siarad 'da Tad-cu. Roedd e wrth ei fodd. Ond faint fydd e'n gofio o beth ddwedes i, dwi ddim yn siŵr.'

*

Diflas fu'r daith am ddyddiau: y môr rhwng yr Ynys a Norwy oedd wedi peri'r ofn mwyaf i Gwawr wrth iddi edrych ymlaen at y Daith. Daliodd Gunnar i bwdu a llwyddodd Cai i gadw o'i ffordd ddigon i gadw'r heddwch bregus ar y cwch. Buan y daeth y lleill i werthfawrogi pâr arall o ddwylo parod – a diolchgar – a chadw llygad na ddôi Gunnar a Cai o fewn pellter cyfnewid geiriau i'w gilydd yn amlach nag oedd raid.

Cododd y gwynt ar yr ugeinfed diwrnod, pan ddaethant i olwg arfordir Norwy. Diolchodd Gwawr mai dyna lle dechreuodd y tywydd beidio â bod cweit mor garedig wrthyn nhw, gan fod teithio o fewn golwg i'r arfordir yn gwneud iddi deimlo rywfaint yn fwy diogel. Gallen nhw bob amser droi trwyn y *Mimosa* am y tir pe bai'r tywydd yn gwaethygu gormod.

Ond bwrw ymlaen wnaethon nhw, a'r gwynt yn rhoi cyfle i Cai ddangos o ddifrif fod iddo ddefnydd fel hwyliwr. Gwnaeth ymdrech arbennig i ddangos ei gryfder wrth ostwng yr hwyl fawr yn nannedd y gwynt, a'i chodi drachefn wrth iddi ostegu rhywfaint.

'Ma tipyn o siâp arnot ti,' meddai Freyja wrtho un diwrnod wedi iddyn nhw fod yn ymladd dros yr ychydig oriau cynt i gadw'r cwch yn wastad drwy donnau uwch na dim a welsai Gwawr yn ei bywyd o'r blaen.

Methodd Cai guddio'i foddhad wrth gael ei ganmol, a gwenodd yn falch. Roedd Gunnar wedi clywed. Gwnaeth ryw sŵn cryg yn ei wddf gan fod Freyja wedi troi ato i gael rhyw fath o gadarnhad i'w chanmoliaeth. Roedd hi'n fuan i

Gunnar gydnabod hynny eto, er hynny, a bodlonodd y lleill ar yr ebychiad grwgnachlyd.

'Cystal â gei di, debyg,' sibrydodd Olaf wrth Cai a'i daro ar ei ysgwydd yn gefnogol.

*

Roedd arfordir Norwy yn ddiddiwedd. Rhwng ymladd â'r hwyliau yn y gwynt a chadw'r cwch ar lwybr gwastad drwy donnau digon garw ar adegau, cymerodd y rhan orau o bythefnos i'r *Mimosa* gyrraedd gwaelod Norwy a dod i olwg Denmarc. Er gwaetha'r gwynt a'r môr tymhestlog, ni ddychwelodd y salwch môr a deimlodd Gwawr cyn i Cai ddod i'r golwg, a gallodd ymlacio i drefn ddyddiol a oedd yn eithriadol o galed yn gorfforol, ond a oedd yn haws byw gyda hi, nawr bod pawb yn ymwybodol eu bod yn griw o chwech yn lle pump. A bod Cai yno gyda hi, ar yr un daith â hi, ar eu hantur fawr.

Ond doedd hi ddim yn edrych ymlaen at groesi'r môr rhwng tir mawr Ewrop a Phrydain. Gwyddai fod y cerrynt yn elyn parhaol ar y darn cymharol fach hwnnw o fôr. Roedden nhw'n bwriadu dilyn arfordir gorllewin Ewrop i lawr mor bell ag y gallen nhw cyn troi am Loegr, er mwyn i'r croesiad fod mor gul â phosib. Roedd y tywydd wedi bod o'u plaid wrth iddyn nhw groesi o'r Ynys tuag at arfordir Norwy – taith roedd Gunnar wedi hen arfer â hi, ac un roedd Gwenda hefyd wedi'i gwneud unwaith – ond doedd dim modd proffwydo sut dywydd gaen nhw o hyn ymlaen.

Un diwrnod, a hwythau'n nesu at arfordir gogledd Ffrainc, sylweddolodd Gwawr gymaint cynhesach oedd hi. Doedd hi ddim wedi gwisgo'i chot ers dyddiau, ac roedd hi eisoes yn gorfod agor y botymau ar ei siaced fer o groen carw a oedd wedi bod amdani ddydd a nos. Tywynnai'r haul ar yr hwyliau, a gwneud i'r môr glas ddisgleirio'n filoedd o emau aur tuag at y gorwel. Ar ddyddiau fel hyn teimlai'r criw eu cyrff yn ymgryfhau, eu cyhyrau'n ystwytho a'u batris yn ymadfer. Egni solar ar ei symlaf. Rhaid oedd gwneud yn fawr o'r ysbaid dawel.

Treuliodd Gwawr y dyddiau digyffro hyn yn eistedd ar y dec, a'i chefn at ochr y cwch, yn ailddarllen tudalennau o'r Dyddiadur. Roedd adeg, wedi iddyn nhw adael yr ogof, pan oedd y bobl gyntaf yn ymdrechu i fyw ar yr Ynys mewn caledi mawr, a'r hinsawdd yn drymaidd, dan gwmwl parhaol, a bu'r haul ar goll am flynyddoedd. Roedd Gwawr wedi arfer colli'r haul am rai misoedd yn ystod y gaeaf, ond ni allai feddwl sut beth oedd ei golli am flynyddoedd. Prin oroesi wnaethon nhw, prin lwyddo i gadw corff ac enaid ynghyd, a bu farw sawl un yn yr ymdrech yn y blynyddoedd cyntaf.

Er iddi geisio gwneud hynny droeon, ni allai Gwawr ddychmygu'n iawn sut roedd hi arnyn nhw bryd hynny. Beth oedden nhw'n ei fwyta ar wahân i bysgod prin, o fôr a gollodd y rhan fwyaf o'i drysor byw? A'r cŵn, beth oedd y rheini'n ei fwyta? Prin fod unrhyw stoc ar ôl ar yr Ynys, na dim byd ffres am dros flwyddyn pan fuon nhw yn yr ogof. Roedd Mam Un wedi sôn am waith paratoi eu harweinydd, a'i hymdrechion hi yn rhan o hynny, ond beth am yr amser cyn iddyn nhw allu tyfu cnydau yn y tai gwydr cyntaf hynny, ai dim ond pysgod roedden nhw'n eu bwyta? Pysgod o fôr â'i ochr arall wedi'i ddeifio â gwenwyn niwclear? Ar ôl mis yn unig ar y tonnau, a'r stoc o fwyd yn prysur ddiflannu, ni allai Gwawr ddirnad blynyddoedd o fyw ar y nesaf peth i ddim.

Wedyn, wedi misoedd, blynyddoedd, o ysgrifennu pytiog, tameidiog, tra'u bod yn gwneud dim mwy na chadw'n fyw, dechreuodd y darnau yn y Dyddiadur ymestyn. Disgrifiodd Rhian y cnwd cyntaf o lysiau a gynheswyd dan do, a'r rhai a ddilynodd, y cnydau hydroponig, gan nodi eu twf a'u cynnydd, a dyddiadau eu hau a'u torri: bresych, cêl, tatws, wedyn moron, maip, winwns...

Soniai'r Dyddiadur am ymdrechion y bobl gyntaf i gyfathrebu dros radio, a'r methiant i glywed fawr ddim. Weithiau dôi lleisiau aneglur o'r naill ben neu'r llall i Ewrop, ond prin y gallen nhw ddeall y geiriau, na dal eu gafael ar y lleisiau: roedden nhw'n diflannu wrth iddyn nhw eu clywed – naill ai am fod y dechnoleg yn methu cyrraedd mor bell, neu am fod perchnogion y lleisiau'n diflannu hefyd am ryw reswm neu'i gilydd.

Dechreuodd Mam Un droi at ei dyddiadur yn amlach, i gofnodi'r hyn a gofiai am y dyddiau cyn iddi ddod i'r Ynys. Dyma pryd y sylweddolodd, efallai, mai hi oedd yr unig un ar ôl, o bosib, i allu gwneud hynny: doedd neb ond hi allai sôn am y Gymraeg, a phethau'r Gymraeg. A phwy a ŵyr beth a ddigwyddodd i'w ffrindiau yn Aberystwyth. Doedd dim un o'r cyfathrebiadau dros y radio wedi dod o Brydain. Ac am ei chwaer yn Awstralia, byddai waeth iddi fod ar y lleuad.

Am gyfnod o flwyddyn neu ddwy, roedd y Dyddiadur yn orlawn o'r pethau a gofiai Mam Un am yr hyn a ddysgodd am ei hanes a'i hetifeddiaeth. Ysgrifennodd am bopeth, o'r Hen Ogledd i'r pethau roedd hi'n eu rhoi ar ei hwyneb i'w liwio, yr hyn a gofiai o'i gwersi ysgol, popeth a gofiai, rhestrau o bethau, un ar ôl y llall. Ar ganol ysgrifennu am ddigwyddiadau'r dydd ar yr Ynys, byddai'n troi i restru rhyw elfen ar ei hen fywyd yng Nghymru. Unrhyw beth, a phopeth.

Eryri. Cader Idris. Yr Wyddfa. Carnedd Dafydd. Carnedd Llywelyn. Oedd 'na Garnedd Gwenllian? Y Cnicht – fues i fyny hwnnw ar drip gyda'r ysgol, pan o'n i'n ddeg. Aros ym Mhorthmadog. Tref glan môr, ar ben uchaf Bae Ceredigion, dan y fraich, yn y gesail, trên bach. Cob. Gwastatir. Portmeirion, pentref Eidalaidd.

Ceisiodd Gwawr ddychmygu'r ysfa yn Mam Un i nodi'r hyn a gofiai am Gymru, y teimlad ynddi na fyddai neb arall yn gwybod y pethau hyn, a'r rheidrwydd ynddi i ysgrifennu'r cyfan, heb wybod pwy a ddôi ar ei hôl i gofio drosti.

Roedd hi wedi rhoi'r gorau i ysgrifennu'r Dyddiadur pan aeth hi, a'i merched wedyn, i ddysgu yn ysgol yr Ynys, a mynnu trosglwyddo'r iaith a'r hanes i'r plant, ar wahân i ryw ambell bwt fan hyn a fan draw wrth i rywbeth ddod yn ôl i'w chof. Rhyw rigwm newydd, at y dwsinau a gopïodd i'w dyddiadur.

Deryn y bwn o'r Banna
Aeth i rodio'r gwylia...

Ac roedd hi wedi trosglwyddo'r gân a'i nodau i'w phlant a'i hwyrion, fel bod pawb ar yr Ynys bellach, yn Norwyaid ac yn Gymry o ran eu tras, yn gwbl gyfarwydd â Deryn y Bwn, er na welodd neb un erioed. Ond roedd y Bannau ar y map yn y Llyfrgell, mewn cromfachau o dan *Brecon Beacons*. Ac roedd y gwyddonwyr wedi llwyddo i dyfu cnwd o afalau, fel sydd yn y gân, rai blynyddoedd yn ôl yn y blanhigfa, nes bod pawb ar yr Ynys wedi blasu'r ffrwyth bellach.

Canodd Gwawr y geiriau yn ei phen, ac oedi ar y diwedd i feddwl tybed a oedd gan yr 'afalau' ar ddiwedd y gân, y rhai a ollyngodd Deryn y Bwn, rywbeth i'w wneud â'r afal ar y dyfeisiau metel yn yr ogof ac yn yr archifdy, na ddeallodd hi erioed beth oedd eu defnydd. Roedd Mam Un wedi sôn tipyn amdanyn nhw, iFfôn hyn ac iPad llall, y pethau a oedd yn dwyn llun yr afal roedd rhywun wedi cymryd hansh ohono. Roedd Mam Un yn gweld pethau arnyn nhw: lluniau, gwybodaeth – fel llyfrau, ond heb dudalennau – negeseuon, siarad â phobl, rhyfeddodau na allai Gwawr mo'u dirnad. Petryalau gwag oedd y rhai yn yr archifdy.

Deryn y Bwn, Jac y Do. Sut bethau oedden nhw? Tybed a welen nhw wylan wrth nesu at y lan…?

Ac yna, roedd Gunnar wrth y llyw yn galw: 'Fan'co! Welwch chi? Fan'co ma Ffrainc yn cychwyn. Diwrnod arall o hwylio ac fe fyddwn ni'n troi am Brydain.'

'Haleliwia!' gwaeddodd Olaf wrth esgyn o'r caban, cyn ychwanegu gryn dipyn yn llai brwd, 'Dwi'n credu, ta beth.'

17

'TI'N DIFARU?' HOLODD Cai iddi rywdro ar ôl hanner nos wrth i'r ddau afael am eu bywydau yn y rhaffau. Poerai'r tonnau eu cas arnyn nhw bob tro y torrai trwyn y cwch dros eu cribau, a thasgai'r ewyn ar y dec fel pe baen nhw'n wybed mewn llond sosban o laeth berw.

'Gofyn i fi fory!' gwaeddodd Gwawr yn ôl arno drwy'r gwynt. Roedd pob un ohonyn nhw'n rhoi o'u heithaf i gadw'r cwch ar wyneb y môr yn lle oddi tano, ac udai holl rymoedd y fall yn eu clustiau. Clymodd Cai y rhaff am y bachyn metel ar lawr y dec cyn troi i helpu Gwawr ostwng yr hwyl fach oedd â'i phig at y gwynt.

'Well i ti glymu hon am dy ganol.' Estynnodd Cai y rhaff arall iddi, yr un y bydden nhw'n ei gwisgo mewn tywydd mawr rhag cael eu chwipio oddi ar y dec gan gynddaredd y gwynt neu dan fachiad y tonnau.

Cymerodd Cai bwysau'r rhaff ganddi'n ofalus, a chiliodd Gwawr i gysgod y caban, gan afael yn ochrau'r cwch ar bob cam. Yno, clymodd y rhaff yn dynn. Os âi'r *Mimosa* i lawr, fe aen nhw lawr hefyd. Dyna roedd morwyr i fod i'w wneud, aros yn driw i'r cwch a'r criw bob amser, ymladd tan y diwedd un.

Erbyn pedwar o'r gloch y bore roedd y storm yn dechrau

gostegu, a galwadau Gunnar uwchben sŵn y tywydd a'r môr yn dod yn fwy anaml. Bron na chlywai Gwawr weddill aelodau'r criw yn anadlu'n fwy rhydd.

Daeth Olaf atyn nhw i helpu Gunnar gyda'r llyw. 'Yw hi'n rhy fuan i weud 'yn bod ni wedi'i threchu hi?' holodd.

'Ydy!' gwaeddodd Cai a Gwawr gyda'i gilydd. Roedd hi'n hawdd iawn credu mewn ffawd pan oeddech chi'n rhythu i lygaid eich tynged yn ddigon agos i allu arogleuo gwynt ei anadl.

Ond Olaf oedd yn iawn. O fewn yr awr roedden nhw i gyd yn eistedd ar y dec yn aros i'r haul ddod i'r golwg, gan wynebu tir mawr Ewrop, nad oedd i'w weld mwyach. Roedd y cymylau eisoes yn clirio o'r awyr, a'r golau'n barod i groesawu dyfodiad yr haul pan ddôi ei rimyn cyntaf dros y gorwel.

A dyna sut y bu iddyn nhw golli'r olwg gyntaf ar dir yr ynys yr oedden nhw i gyd, i raddau mwy neu lai, yn hanu ohoni, yr ynys gyda'i hochr arall, y goflaid ym mreichiau'r gweddill ohoni, y Gymru na welodd yr un ohonyn nhw erioed, er clywed cymaint o sôn amdani, yn galw arnyn nhw, yn eu denu fel magned.

A hwythau â'u cefnau ati, yn gwylio'r haul yn codi, Gunnar, y mwyaf Norwyaidd ei dras ohonynt, er bod ganddo yntau hefyd un nain ac un hen dad-cu yn hanu o'r henwlad, a welodd dir Prydain yn gyntaf.

''Co fe!' gwaeddodd. 'Tir!'

A bustachodd Olaf, Gwawr a Cai, Freyja a Gwenda ar eu traed i weld y tir oedden nhw'n anelu tuag ato mor frwd, i groesawu'r hyn a roddai iddyn nhw anturiaethau na wydden nhw ddim amdanyn nhw eto.

*

Roedd hi'n hwyr brynhawn arnyn nhw'n troedio ar dir Lloegr. Ni fu Gunnar yn hir cyn darganfod i ble roedd e eisiau hwylio'r cwch – roedd e wedi gwneud ei waith cartre'n drylwyr, ac yn gwybod ar unwaith i ble roedd e am fynd. Glaniodd y *Mimosa* ar draeth yng ngogledd Caint cyn i'r haul fachlud.

Ar ôl angori'r cwch mawr, glaniodd y cwch achub bach ar y tywod mor ddidrafferth fel bron na wlychodd yr un o'r criw flaenau eu traed yn y dŵr. Edrychodd Gwawr ar wastadedd eang y traeth o'i blaen ac estyn yn reddfol am law Cai.

Edrychodd pob un i fyny at ben uchaf y traeth, lle roedd ffurfiau'n ymwthio o'r tir rhwng y coed a'r prysglwyni, ffurfiau gwyrdd, adeiladau yn dyfiant drostyn nhw, a arferai gadw pobl o'u mewn, adeiladau'r hen fyd, o dan y gwyrdd yn rhywle, yn doredig, yn llai na'u maint gwreiddiol, wedi dadfeilio ar drugaredd y tywydd a natur. Ond yno roedden nhw – hen olion hen bobl.

Llyncodd Gwawr er ei gwaethaf. 'Awn ni i edrych beth welwn ni?'

'Ddim heno,' meddai Gunnar. 'Ry'n ni'n gwersylla ar ben uchaf y traeth heno. Bydd hi'n ddigon buan i fynd i weld beth sy 'na bore fory.'

Er mai Gunnar oedd capten y cwch tra oedden nhw ar y môr, doedd neb wedi ystyried pwy fyddai'r bòs ar ôl glanio. Ond roedd hi'n amlwg fod Gunnar yn meddwl mai ei le yntau, fel yr hynaf, oedd arwain.

Ceisiodd Cai ddadlau – gallai Gwawr deimlo'r ysfa ynddo i fynd i drwyna – ond dywedodd Gunnar wrtho nad ei le ef, o bawb, oedd dweud beth oedd yn digwydd nesa.

Camodd Olaf i'r adwy rhag iddi fynd yn ffrae arall rhwng y ddau. 'Hei, ffrindie… dwi angen bach o gwsg cyn neud dim byd arall, wedyn falle taw dechre wrth iddi oleuo fydd ore, beth y'ch chi'n gweud? Ma awr a mwy o waith cario stwff o'r cwch 'da ni i neud, a chodi'r babell. Tshop tshop, tân dani.'

A chan fwynhau eiliad o awdurdod – er mor wamal – camodd Olaf yn fras yn ôl i gyfeiriad y cwch achub, gan rolio godre ei drowsus i fyny.

Ildiodd Cai, a dechrau ei ddilyn. Oedodd Gwawr am eiliad i fwynhau teimlad y tywod, a oedd yn hynod o gynnes ar ei thraed noeth. Edrychodd tuag at yr adfeilion a'r tyfiant gwyrdd drostynt, a fu unwaith yn bentref neu'n dref, i weld a welai unrhyw arwydd o fywyd.

'Wel helô, Loegr,' meddai dan ei gwynt. 'Tybed beth sy gen ti i'w gynnig i ni.'

Yna trodd i fynd i helpu'r gweddill i gario bwndeli o stwff oddi ar y cwch i'r traeth.

18

DIHUNODD GWAWR PAN glywodd siffrwd wrth ei thraed: Ifan neu Lleu yn codi, meddyliodd rhwng cwsg ac effro, cyn cofio mai mewn pabell oedd hi. Cododd ar ei heistedd fel bollt – a tharo Cai yn ei wyneb wrth wneud. Roedd e wedi datglymu'r llinynnau a gaeai flaen y babell ac wedi rhoi ei ben heibio'r haenau o ddefnydd a ymdrechai i gadw'r tywydd a'r pryfed allan.

'Beth wyt ti'n neud?' holodd Gwawr yn flin, yn lle ymddiheuro am ei daro.

'Aros i ti ddihuno,' atebodd. 'I ti ddod gyda fi i edrych ar yr adeilade.'

Gosododd ei fys ar ei wefus ac amneidio'i ben i ddangos bod Freyja a Gwenda'n cysgu'n drwm o hyd. Gwelodd Gwawr yr haul yn codi dros y môr heibio'i ysgwyddau. Symudodd yn ofalus dros gyrff ei chyd-deithwragedd a chropian ar ei phedwar allan o'r babell.

'Fydd Gunnar ddim eisie i ni fynd hebddyn nhw,' meddai Gwawr ar ôl codi ar ei thraed.

'Geith Gunnar fynd i ffrio'i sane,' wfftiodd Cai. 'Dim ond pip o'n i moyn. Gweld beth welwn ni lan yn y dre.'

Roedd e wedi troi, a hithau wedi'i ddilyn tuag at ben uchaf y traeth cyn i Gwawr ystyried beth roedd hi'n ei wneud yn iawn.

O'u blaenau safai rhes o adeiladau, yn dyfiant drostynt nes na allai Gwawr weld dim nad oedd yn fwsog neu'n wair neu'n goed yn gwthio drwy bob agen a thwll. Amneidiodd Cai arni i'w ddilyn rownd y tro. Syllodd Gwawr ar wal fawr werdd wrth ei hymyl a gweddïodd ei bod yn ddigon cadarn i beidio â disgyn ar eu pennau. Dilynodd Cai y pant rhwng dwy res o hen adeiladau tuag at adeilad a thwll mawr yn ei du blaen, lle roedd ffenest wedi bod, mae'n debyg, a gallai Gwawr weld natur wedi ei adfeddiannu y tu mewn. Tyfai coeden fach drwy'r twll.

Anelodd Cai am yr adeilad, a thorrodd beth o'r drysni o'i flaen â'i gryman.

'Dere,' meddai wrth Gwawr, a dilynodd hithau'r llwybr bach roedd Cai yn ei glirio i mewn drwy'r ffenest. Cododd ei choes dros y wal isel ar waelod y bwlch.

Haciodd Cai ei gryman drwy'r deiliach a'r pren, a stompiodd yr haen o bridd ar waelod y stafell lle y safent. Gwelodd Gwawr lle roedd yr iorwg wedi bwyta'r pren a arferai sefyll yno, hen gwpwrdd, neu gownter efallai.

'Siop oedd hi, ti'n meddwl?'

Cododd Cai ei ysgwyddau gan edrych o'i gwmpas. Yr eiliad nesaf roedd e'n dawnsio'n orffwyll gan daro'i ysgwyddau fel peth gwyllt.

Gwelodd Gwawr yn syth beth oedd wedi tarfu arno, a methodd atal ei hun rhag chwerthin am ei ben: roedd y lle'n fyw o bryfed lludw, ac roedd telpyn llwyd o we a llwch a baw wedi disgyn ar ben Cai wrth iddo glirio'i ffordd i mewn.

'Ca' dy ben a helpa!' gwaeddodd Cai arni. 'Yn lle sefyll fan'na'n wherthin.'

Gwnaeth hynny i Gwawr chwerthin rhagor – tan iddi sylwi ar ddau bâr o lygaid yn rhythu arni o gysgodion y stafell yr ochr arall i Cai. Sgrechiodd.

Neidiodd Cai pan welodd beth oedd wedi peri iddi sgrechian a rhuthrodd i guddio tu ôl i Gwawr fel mai hi oedd agosaf at y ddau bâr o smotiau llachar yn y gornel.

Mentrodd Gwawr gam yn agosach.

'Llygod mawr.'

'Iaiii!' gwaeddodd Cai.

Doedd yr un o'r ddwy lygoden yn symud, yr un o'r ddwy ei hofn hi. Lledodd Gwawr ei breichiau a chadw sŵn mawr, ac yn y diwedd trodd y ddwy eu cynffonnau hirion tuag ati a cherdded yn ôl i dywyllwch dirgel y tyfiant yng nghrombil yr adeilad, mor hamddenol â dwy hen fam-gu yn mynd am dro ar bnawn dydd Sul ganol haf.

'Heb arfer gweld pethe mor ddwl â ti, siŵr o fod!' meddai Gwawr.

Ar ôl dadebru, claddodd Cai ei gryman mewn tomen o bridd a deiliach yng nghanol y stafell a chodi hen ddefnydd a oedd bron wedi pydru'n ddim, ond gallai Gwawr weld y lliwiau anghyfarwydd yn y plastig a'i gorchuddiai. Mentrodd afael ynddo, a'i dynnu'n rhimynnau oddi ar ei gynnwys. Rhyw hen ffrog neu ddilledyn, a dim ond y gwregys a'i daliai wrth ei gilydd oedd ar ôl.

'Siop ddillad...?' awgrymodd. Ond doedd ganddi ddim mwy na hynny o dystiolaeth chwaith. Roedd pa bynnag ddillad a fu yno wedi hen droi'n llwch.

Sylwodd Gwawr ar ddarn arall o blastig caled ar ffurf na

allai wneud synnwyr ohono. Tynnodd y pridd a'r sbwrielach oddi amdano. Roedd e'n fwy o beth nag a feddyliodd.

'Cyfrifiadur,' meddai Cai.

Roedden nhw ill dau'n gyfarwydd â'r cyfrifiaduron marw yn yr archifdy ar yr Ynys, ond roedd hwn i'w weld yn dipyn mwy o beth. Syllai arnynt â'i wyneb yn wag, yn lwmp diwerth am ddegawdau lawer eto i ddod cyn diflannu'n llwyr i fola natur.

Ar ôl i'r ddau ddod allan o'r siop, anelodd Cai am risiau concrid ar ymyl adeilad tal. Yn betrus, dringodd y grisiau, gan gamu dros y pren a wthiai drwy'r concrid mewn mannau. Gwthiodd Gwawr y mieri a dyfai drwy'r ochrau agored o'i ffordd wrth iddi fynd ar ei ôl.

Ar ben y grisiau, aeth Cai drwy adwy a gwthio'i ffordd drwy ddarnau o blastr a phren, a chamu dros lintel haearn a oedd yn frown o rwd.

'Gofal,' rhybuddiodd Gwawr, ond roedd Cai eisoes yn cerdded ar hyd coridor agored tuag at ddrws mewn rhes o ddrysau. Fflatiau, meddyliodd Gwawr. Hen floc concrid o fflatiau. Rhaid bod pobl wedi byw yma unwaith, amser maith yn ôl.

Prin hongian ar ei golfachau oedd y drws i'r fflat, y pren wedi hen gael ei fwyta gan y gwynt a'r glaw, ac yn dyllau mân drosto. Barnodd Gwawr o'r dafnau bach o baent a oedd yn weddill mai glas oedd ei liw yn arfer bod. Ni fu'n rhaid i Cai wthio mwy na blaen ei fys cyn iddo ddisgyn i mewn i'r fflat a thaflu llwch a baw i bob cyfeiriad wrth darfu ar y lle. Dringai gwythiennau o bren iorwg a dail ar hyd y wal laith, a gorweddai haen o faw llygod dros y llawr a'r cypyrddau oedd wedi hen ddechrau dadfeilio o dan eu pwysau eu hunain a lleithder degawdau.

Ar silff lydan dyllog roedd hen lympau metel rhydlyd rhyw hen geriach cegin, ac offer na wyddai Gwawr beth oedd eu pwrpas, un neu ddau yn dal yn sownd yn ei soced drydan. Camodd tuag at y sinc dros haen o fwsog a glaswellt a dyfai o'r pum centimetr o bridd a orchuddiai'r llawr mewn mannau. Gwelai fod yna lestri'n dal ynddi, cwpan a dau blât. Gwelodd gwpan babi plastig, ac ôl dannedd llygod mawr yn y caead.

'Gwawr, dere i weld hyn,' galwodd Cai arni o'r stafell nesaf, a dringodd yn ôl dros ddarnau o'r nenfwd a oedd wedi disgyn i lawr rhwng y ddwy stafell.

Safai Cai dros wely wedi'i orchuddio â baw a thyfiant gwyrdd a chlympiau o drychfilod byw a marw. Gallai Gwawr weld olion carpiau hen ddillad gwely dan haenau o faw a mwsog, a chlustog wedi'i hagor nes bod y stwffin brown yn bochio allan ohoni, ac ôl dannedd llygod drosti.

Daeth Gwawr at ymyl Cai, a gwelodd yr esgyrn.

Sgerbwd. Ei hanner isaf wedi'i orchuddio gan weddillion y dillad oedd wedi mynd yn rhan ohono wrth i wreiddiau'r drysni gloi eu hunain drwyddynt, a'r un fath ar ei hanner uchaf, ond yn fwy amlwg – brigau drwy benglog, gwythiennau iorwg drwy asennau.

Âi'r esgyrn yn llwch yn y diwedd, meddyliodd Gwawr. Disgyrchiant a phydredd sy'n ennill bob amser, dadelfennu a wna popeth, hyd yn oed ymbelydredd yn y pen draw. Mae rhyw gysur yn hynny, meddyliodd, ein bod ni'n dal i symud wedi i ni fynd, yn dal i newid, yn dal i fodoli ar ryw ffurf elfennol hyd dragwyddoldeb.

'Pwy oedd e, tybed?' mwmiodd Gwawr.

'Neu hi,' meddai Cai.

Faint ar ôl y Diwedd Mawr oedd hi cyn iddyn nhw farw fel hyn yn eu gwlâu, neu a oedd y diwedd wedi dod yn syth?

'Un o'r rhai na ddihangodd,' meddai Gwawr. 'Falle'i fod e wedi byw am flynyddoedd ar ôl y ffrwydrad... ond fe fydde'r ymbelydredd wedi'i gael e'n y diwedd.'

'Fydde unrhyw un wedi goroesi?' holodd Cai.

'Yn ôl Mam, fe fydde rhai wedi dianc i'r gogledd, eraill i Iwerddon, lle na fyddai bomie mor debygol o fod wedi cwmpo. Ond mater o amser fydde hi, hyd yn oed wedyn,' meddai Gwawr, a throi'r garreg yn ei phoced rhwng ei bysedd.

'Hisht!' meddai Cai yn sydyn, a delwi.

Yn y tawelwch a ddilynodd, clywodd Gwawr sŵn a yrrodd iasau o rew i lawr ei hasgwrn cefn: roedd rhywbeth yn udo. Atgoffai Gwawr o'r sŵn a glywai o fferm Morten ambell fore pan oedd y gwynt yn chwythu o'r cyfeiriad iawn.

'Ci...?' meddai yn ei harswyd.

Nodiodd Cai.

Felly, roedd cŵn ar yr ynys hon hefyd, wedi goroesi drwy bob dim. Cŵn gwyllt, nid rhai fferm fel oedd ganddyn nhw ar yr Ynys. Cŵn a oedd wedi dychwelyd i fod yn fleiddiaid. Roedd hynny yn eu genynnau, wedi'r cwbl...

'Mae e'n ddigon pell,' meddai Cai.

Hawdd i ti ddweud, meddyliodd Gwawr. Os oedd ci o

fewn clyw, gallai fod wedi codi'u harogl. Difarodd Gwawr ei bod wedi gadael y lleill.

'Gawn ni fynd 'nôl?' awgrymodd, a chyn i Cai allu cytuno roedd sŵn rhywbeth yn cythru drwy'r sbwrielach am y pared â nhw, yn dod tuag atyn nhw. Ond cyn i Gwawr gael cyfle i agor ei cheg i sgrechian, ymddangosodd Olaf yn y stafell.

'Fan hyn dech chi.'

'Olaf!' ceryddodd Cai.

'Halest ti ofan arnon ni,' meddai Gwawr, gan anadlu'n ddwfn.

'Ddim fi sy isie i chi ofan,' meddai Olaf, gan wenu'n faleisus. 'Ma Gunnar am 'ych gwa'd chi.'

*

'Oes syniad 'da chi beth alle fod wedi digwydd?' taranodd Gunnar o flaen y ddau.

Gallai Gwawr weld y chwys ar ei dalcen a'r wythïen fach las uwch ei ael chwith wedi chwyddo gan yr ymdrech o'u ceryddu.

Teimlai Cai fel pe bai wedi crebachu i hanner ei daldra, er ei fod gryn ddwy fodfedd yn dalach na Gunnar fel arfer. Ond roedd tymer hwnnw yn rhoi modfeddi ar ei daldra, a'i eiriau'n tasgu drwy bennau Cai a Gwawr fel picelli.

'Does dim syniad 'da chi pa anifeilied alle fod allan 'na!' bytheiriodd Gunnar.

Cofiodd Gwawr am y llygod mawr a'r ci, ac agorodd ei

cheg i sôn. Ond doedd Gunnar ddim am adael iddi ddweud gair cyn iddo orffen ei bregeth.

'Glywoch chi'r ci yn udo? Ma isie clymu'ch penne chi am fynd allan ar eich pen eich hunain. Ma be bynnag sy wedi goroesi yn mynd i fod yn beryglus.'

'Heblaw'r llygod mawr,' mentrodd Gwawr. 'Ma'r llygod mawr yn hynod o gyfeillgar.'

'Llygod mawr…?' holodd Gunnar. 'Weloch chi rei o'r rheini?'

'Do,' meddai Gwawr. 'Ac fe allen ni fod wedi iste lawr a cha'l paned o de gyda'r ddwy welon ni.'

Roedd llygod mawr wedi goroesi ar yr Ynys hefyd – pethau felly yw llygod mawr, yn gallu goroesi pob cyflafan yn well nag unrhyw greadur arall – ond roedd llygod mawr yr Ynys yn llygod ffyrnig yng ngwir ystyr y gair. Pethau annifyr ofnadwy, yn enwedig o'u cornelu.

'Gwych!' meddai Gwenda, oedd wedi dechrau gosod brigau i wneud tân. 'Fyddwn ni fawr o dro'n ca'l brecwast gwerth ei alw'n frecwast felly.'

'19

Llwyddodd brecwast o gig llygoden fawr a bicellwyd yn fedrus gan Freyja i leddfu rhywfaint ar dymer Gunnar. Gofalodd Cai a Gwawr beidio ag eistedd yn rhy agos ato, ond erbyn iddyn nhw dynnu'r pebyll a'u rhwymo ar eu cefnau roedd Gunnar wedi dechrau trafod gydag Olaf lle roedd y ffordd fawr yn debyg o fod. Estynnodd am gopi o hen fap o Lyfrgell yr Ynys o'i sgrepan i weld lle roedd y ffordd o'r dref yn troi'n draffordd.

'Fe ddyle'r A28 fod yma, wedyn yr A299, a'r M2. Honna eith â ni i Gymru,' ceisiodd Gunnar egluro wrth y lleill. 'Wiw i ni ddilyn ffordd lai o faint, fydd dim ar ôl ohoni. Cadw at y ffyrdd M sy ore – M2, M25, M1, M42, ac am y Gororau.'

Byddai waeth iddo fod yn siarad iaith arall. Methai Gwawr wneud pen na chynffon o'r rhifau di-ben-draw a restrai.

Roedden nhw wedi dod ar draws ambell ddarn o goncrid, yn union fel y concrid oedd i'w weld mewn mannau ar yr Ynys, yn llwybrau o un lle i'r llall, ond doedd yr un i'w weld yn para'n hir cyn troi'n friwsion o hen gerrig mân lle'r arferai fod yn 'ffordd darmacadam' yn ôl Gunnar.

'Anghofia lwybrau'r Ynys,' ceisiodd Cai egluro wrthi, er

mwyn dangos cymaint roedd e'n ei ddeall. 'Roedd traffyrdd yn llydan, digon o le i chwech o geir ochr yn ochr yn mynd ar gyflymdra mawr, a bylchau rhyngddyn nhw hefyd, felly ti'n sôn am ffordd yr un lled â hyd stryd ar yr Ynys.'

Er gwaethaf ei ysfa i greu argraff ar Gwawr, gofalodd Cai gadw ei lais yn ddigon distaw fel nad oedd Gunnar yn ei glywed. Cadw o ffordd hwnnw oedd y polisi gorau iddo ef a Gwawr am y tro.

Roedd Olaf wedi bod yn sefyll ar ben twmpath gwyrdd a guddiai adfail, yn sganio'r gorwel.

'Peidwch byth â gweud nad fi yw'r athrylith yn y criw 'ma!' galwodd, a throdd pawb i edrych lle roedd e'n pwyntio.

Tua dau gan metr oddi wrthynt gallent weld ffurf llinell wastad yn torri trwy'r tirlun. Roedd y ffordd yn uwch na gweddill y tir yn y fan honno, ac roedd ei ffurf i'w gweld yn glir.

Gafaelodd Gunnar yn y cryman o'r drol fach a dynnai o'i ôl, a gwnaeth Olaf yr un fath o'r drol ddwy olwyn oedd wedi ei chlymu am ei ganol yntau, cyn ymuno â Gunnar i ymladd eu ffordd drwy'r tyfiant tuag at y bwlch bach a welodd Olaf, lle roedd olion yr hen ffordd i'w gweld.

Gafaelodd Gwawr yn y drol fach ddwy olwyn oedd ganddi, a gwnaeth y lleill yr un fath gyda'u certi hwythau, certi a fyddai, gyda'r sgrepanau ar eu cefnau, yn cario eu holl eiddo. Y gobaith oedd y byddai'r ffordd yn cynnig wyneb mwy gwastad i allu tynnu'r certi ar ei hyd.

Trodd Gwawr i edrych ar y *Mimosa* yn siglo'n ysgafn

ar y tonnau yn y bae. Tybed beth fydden nhw wedi'i weld ac wedi'i fyw pan welen nhw'r cwch y tro nesa? Yna trodd drachefn, a dilyn y lleill.

Ymlaen!

*

Roedd y tyfiant yn codi drwy wyneb y ffordd ar ei hyd fwy neu lai, ond gallen nhw weld ei ffurf yn glir, a phrin y gallai'r holl geir roedd Cai wedi sôn amdanyn nhw basio rhwng y coed praff a dyfai ar hyd ei hymyl. Ffordd werdd oedd hi, ond roedd hi'n ddigon amlwg iddyn nhw beidio â gwyro oddi arni, ac ychydig gentimetrau'n unig o dan yr wyneb mwsoglyd gwyrdd toredig roedd ôl y cerrig mân a'r tar a arferai fod yn sownd wrth ei gilydd mor gadarn â choncrid.

Wrth fustachu dros dyfiant, methai Gwawr â dirnad y cyflymder roedd Cai'n dweud y byddai'r 'ceir' yn teithio ar hyd y ffordd. 'Chwe deg milltir yr awr… can milltir yr awr…'

Y gwir amdani, meddyliodd Gwawr, oedd nad oedd gan Cai syniad go iawn chwaith am beth roedd e'n sôn.

O bryd i'w gilydd deuent ar draws ffurfiau a groesai dros y ffordd, yn dyfiant drostyn nhw. Roedd sawl un wedi dymchwel, a rhaid fyddai dringo dros y concrid gan lusgo neu gario'u certi bach trwsgwl i gyrraedd yr ochr arall.

Ac ar adegau eraill byddent yn pasio twmpathau'n rhes, un ar ôl y llall, a'r gwyrddni'n cilio mewn mannau i ddangos hen garcasau ceir yn rhesi, â'u trwynau'n wynebu'r un ffordd bob tro, tua'r gogledd-orllewin, i'r cyfeiriad roedd y ffordd yn eu cario – y cyfeiriad roedden nhw'n credu ei fod yn cynnig dihangfa iddynt. Anodd gan Gwawr gredu bod y talpiau o rwd a oedd wedi'u gorchuddio gan wreiddiau llystyfiant a'u cadwai'n sownd wrth y llawr wedi teithio ar gyflymder o gan milltir yr awr unwaith. Ac yn y cregyn rhydlyd roedd sgerbydau'n eistedd, un yn y blaen wrth y llyw ac un wrth ei ochr yn daclus, ac weithiau un neu ddau llai o faint yn y cefn, yr un mor daclus ddigyffro, yn union fel pe baen nhw'n gwylio perfformiad.

Yr hyn na ddeallai Gwawr oedd sut roedd cymaint o anifeiliaid wedi goroesi. Cymaint o anifeiliaid – a dim adar o gwbl hyd yn hyn. Ac yn fflach ar ymylon ei golwg yn amlach na pheidio, gwelai wiwerod, na welsai erioed mohonyn nhw o'r blaen heblaw mewn llyfrau.

A chŵn. Prin y gallai Gunnar gredu bod y rhywogaeth honno o famaliaid mawr wedi llwyddo i oroesi gaeaf niwclear a oedd wedi lladd cymaint o'r ddynoliaeth. Ond pan oeddent yn gysurus yn eu dillad gwely yn eu pebyll wrth ymyl y ffordd, ar fin ymollwng i gwsg, dôi sŵn udo o bell i'w hatgoffa nad oedd ganddyn nhw syniad mewn gwirionedd beth oedd allan yn y byd mawr newydd o'u cwmpas, a byddai sylweddoli hynny'n cadw sawl un o'r criw ar ddihun am oriau wedyn.

'Rhaid eu bod nhw wedi goroesi yn y rhannau pellaf o Brydain, ymhell o'r ffrwydradau, a bod digon ohonyn nhw wedi goroesi'r ymbelydredd i allu cynyddu o genhedlaeth i genhedlaeth,' meddai Gunnar. 'Wedi'r cyfan, fydde dim pobl i amharu ar eu cynnydd nhw, a bydde digon o lygod i'w bwyta. Ma natur yn wydn.'

'Pobol sy ddim,' meddai Gwenda.

'Dwi'n wydn,' dadleuodd Olaf, a dangos ei gyhyrau iddi.

Roedden nhw'n ôl ar y ffordd, ac yn nesu bellach, ar ôl dyddiau o gerdded, at y ffin â Chymru. Wyddai neb yn iawn lle roedd hi, ond gallen nhw weld y tir yn codi yn y pellter.

Astudiodd Gwawr batrymau hen gaeau a oedd yn dal i'w gweld yn glir, er gwaetha'r holl goed a'r llwyni. Ceisiodd ddychmygu'r clytwaith o gaeau yn llawn anifeiliaid yn lle coed. Gwartheg a defaid, ceffylau a moch. Cŵn a cheirw oedd ar yr Ynys, yr unig bethau a oroesodd y gaeaf hir, a dyna roedden nhw bellach yn eu ffermio. Cŵn yn bennaf; pethau a arferai fod yn anifeiliaid anwes yn y dyddiau cyn y Diwedd Mawr, pan oedd pobl yn gallu fforddio'r fath foethusrwydd.

'Ti'n iawn?' holodd Cai, wrth ei gweld yn edrych yn ôl ar wastadedd Canolbarth Lloegr.

Gwenodd Gwawr arno. 'Barod i gyrra'dd nawr.' Roedd y pellter rhwng y ffin ac Aberystwyth i'w weld mor fach ar fap: y gwregys am wasg Cymru, fawr o ffordd i gyd. Ond roedd y bryniau a'r mynyddoedd, a dim i'w harwain heblaw eu trwynau ac 'am-y-cynta-i-weld-y-môr', yn mynd i fod yn dreth ar eu hamynedd yn ogystal â'u nerth. 'Meddylia cymaint anoddach oedd hi ar Mam Un a'r bobl gynta, yn wynebu'r gwenwyn yn yr aer.'

'Oes raid dod â hi fewn i bopeth?'

Er mai'n ysgafn y gofynnodd Cai y cwestiwn, aeth siom drwy Gwawr fel gwayw.

'Sut galli di siarad fel'na am Mam Un? Hi greodd ni. Iddi hi ma'r diolch ein bod ni'n bodoli.'

'Ti'n ei haddoli hi, er na welest ti mohoni erioed.'

'Do's dim raid: dwi'n gwbod amdani drwy'r Dyddiadur. Oes raid i ti daflu dŵr oer dros bopeth?'

Gallai Cai weld ei bod hi wedi'i chlwyfo.

'Iawn! Dwi'n cytuno, ma'r Dyddiadur yn ddiddorol, ond ddim mwy diddorol na hyn.' Lledodd ei freichiau a throi yn ei unfan. 'Y cyfan dwi'n weud yw mai ni sy'n bwysig. Fan hyn. Nawr. Beth y'n ni, beth ni'n neud, beth ni'n feddwl. Ma hynny lawn mor ddiddorol â rhyw fenyw oedd yn fyw yn bell cyn i ni ga'l 'yn geni.'

Ar adegau fel hyn, teimlai Gwawr fod agendor mawr rhyngddi hi a'i ffrind gorau. Allai hi ddim deall sut na allai Cai weld y byd fel yr oedd hithau yn ei weld. Yr un fagwraeth roedd y ddau wedi'i chael, fwy neu lai, yr un pethau roedden nhw wedi'u gweld. Ac eto, weithiau, teimlai fel pe bai cyfandir rhyngddi ac ef.

Gorau po gynta y daw hyn i ben, meddyliodd Gwawr. I bawb gael ei le ei hun i feddwl, i fod.

Trawai'r haul eu hysgwyddau wrth iddyn nhw gerdded: Olaf yn gyntaf, yn tynnu ei gert bach ar wib dros dir anwastad nes ei fod yn drybowndian. Freyja wedyn, ei bwa a saeth ar ei hysgwydd yn barod i saethu unrhyw ginio neu fygythiad a ddigwyddai darfu ar eu taith. Gunnar wedyn, a Gwenda wrth ei ochr, a Gwawr a Cai yn y cefn.

'Gymri di ddarn o gig?' Cynigiodd Cai lwmp o gig llygoden fawr iddi ar ôl iddyn nhw fod yn cerdded mewn distawrwydd am rai llathenni: cymod.

Ysgydwodd Gwawr ei phen.

Gorau po gynta y caen nhw setlo i drefn, a bwyta rhywbeth heblaw cig llygod mawr. Pryd fyddai hynny, ni wyddai. Roedd Freyja'n un dda efo bwa a saeth, ond roedd arafwch y llygod mawr a rhwyddineb eu hela â phicelli yn golygu mai'r rheini oedd eu prif gynhaliaeth.

Gorau po gynta, meddyliodd Gwawr. Gorau po gynta, gorau po gynta…

20

Daeth y criw at afon a gordeddai i lawr y bryn ac i ddyffryn cul. Barnodd Olaf a Gunnar ei bod hi lawn cystal iddyn nhw lenwi eu costreli yno gan fod y gwastatir uchel o'u blaenau yn mynd i alw am ragor o gerdded cyn nos a doedd dim dal lle roedd y nentydd ar dir felly.

Penderfynodd Gwawr ei bod hi am ymolchi. Gwahoddai'r pwll mawr a basiodd ychydig lathenni'n ôl, a galwodd ar Gunnar i ofyn a gâi hi a Cai fynd i'r dŵr yn y fan honno.

'Braf cael munud i ni'n hunen,' meddai wrth Cai. 'Allan o olwg Gunnar.'

'Mae e'n eitha agos at ei le,' meddai Cai, gan synnu Gwawr. Doedd dim ond tensiwn wedi bod rhwng y ddau ers i Gunnar ddod mor agos i'w daro ar y cwch dros saith wythnos ynghynt.

Edrychodd ar Cai gan ysgwyd ei phen, wedi'i rhyfeddu.

'Be?' meddai Cai. 'Do's 'da fi ddim problem gyda fe. Fe sy â phroblem gyda fi.'

Gwenodd Gwawr arno. Roedd e'n gallu bod mor hynod o gall weithiau.

Teimlodd Gwawr y dŵr yn gorchuddio'i hwyneb wrth iddi ostwng pob darn ohoni ei hun oddi tano. Mwynhaodd yr oerfel ar ei breichiau chwyslyd, fel llyfiad o gysur ar gyhyrau blinedig. Gadawodd i'w gwallt lifo'n araf gyda llif yr afon. O dan y dŵr, doedd dim synau ond sŵn yr afon ei hun. Gadawodd i'r llif fochio'i dillad amdani'n fawr, a chododd ei thraed i deimlo swae'r dŵr yn ceisio'i chipio ar i lawr i waelod y dyffryn.

Yna cododd ei phen o'r afon. Doedd dim golwg o Cai. Edrychodd Gwawr tuag at y lan, ac am eiliadau fe deimlodd ar ei phen ei hun yn llwyr.

Wedyn, mor fuan wedyn, roedd e'n sblasio o ddyfnder yr afon rai llathenni oddi wrthi, mewn pwll arall, ei ben yn torri'r dŵr yn swnllyd a'i freichiau'n chwifio i geisio'i sblasio hi.

'Rho'r gore iddi, y babi!' gwaeddodd Gwawr.

'Babi sy wedi teithio dros foroedd gwyllt a thrwy fforestydd ac anialdir Lloegr, er mwyn bod gyda ti,' gwamalodd.

'Gad dy rwtsh!' chwarddodd Gwawr. 'Er mwyn dy hunan ddest ti, ddim er mwyn bod gyda fi.'

'Wrth gwrs,' meddai Cai'n ddidaro.

Teimlodd Gwawr eiliad o anghysur, a doedd ganddi ddim syniad pam.

Trodd am y lan, ac ar ôl dod allan o'r afon gafaelodd yn y bwndel o ddillad a adawodd yno er mwyn eu tynnu drwy'r dŵr. Collent beth o'u baw, digon i wneud iddi deimlo gryn dipyn yn lanach. Gallai gerdded yn y trowsus byr a'r crys dilewys oedd amdani. Gwasgodd y dŵr o'i lliain, a'i siwmper a'i throwsus uchaf, a'i throwsus isaf – dillad oedd wedi ei gwarchod rhag oerfel yr Arctig a drain a phridd Lloegr.

Wrthi'n gosod ei dillad ar garreg i sychu oedd Gwawr pan

ddigwyddodd godi ei phen a gweld rhywbeth ar ochr y llethr a godai'n sydyn o'r dyffryn cul. Llamodd ei chalon.

'Cai!' ebychodd, heb dynnu ei llygaid oddi ar y llethr.

'Beth?' Ceisiai Cai weld beth roedd hi'n ei weld.

Dechreuodd Gwawr gerdded i gyfeiriad beth bynnag a welai, a dilynodd Cai, yn ddig am iddi beidio â'i ateb. Camodd ar ei hôl drwy'r mieri a afaelai yn eu dillad ac a grafai eu coesau. Ond doedd hi ddim fel petai'n sylwi.

Yna fe safodd Gwawr yn stond. Trodd ato, a'i llygaid yn disgleirio.

''Na hi! Y ffin. Honna yw hi, hwnna… y clawdd. Clawdd Offa!'

Trodd yn ôl i syllu ar godiad tir, ar hen bostyn wedi'i lurgunio gan y tywydd. Postyn cyfeirio oedd e, heb amheuaeth – gallai Cai weld ei bwynt, ei saeth, yn pwyntio tuag at i fyny, a'r codiad tir i'w ddilyn ar hyd y gefnen yn glir, yn llwybr.

Nesaodd Gwawr at y postyn, a gweld mwy a mwy o graith y llwybr yn croesi'r mynydd, yn cilio fan hyn fan draw, nes mynd ar goll yng nghanol llystyfiant, ond dôi i'r golwg wedyn yn uwch i fyny'r mynydd. Hen graith fach denau, annelwig, ond dyna oedd hi: marc hanes ar y tir. Roedd hi wedi darllen am Glawdd Offa, wedi pori dros fapiau o'r ffin. Gwyddai yn ei hesgyrn mai hon oedd hi.

Prysurodd y ddau i ddweud wrth y lleill, gan weiddi, nes eu dychryn drwyddynt.

'Ry'n ni yng Nghymru!' gwaeddodd Cai. 'Fan'na ma'r ffin, ry'n ni yng Nghymru.'

Aeth Gunnar ato, i edrych lle roedd Gwawr wedi bod.

Tynnodd Olaf fap o sgrepan Gunnar a dechrau ei astudio, a chodi ei ben am yn ail i astudio'r tir.

'Mowredd y moroedd, ti'n iawn.'

'Clawdd Offa?' holodd Gwenda, gan ddilyn Gunnar tuag at y postyn.

'Dathliad!' cyhoeddodd Cai wrth y lleill, ac aeth i waelod un o'r bagiau ar ei gert a thynnu potel fach wydr, maint ei law, allan. 'Gwirod Morten. Sip yr un i bawb.'

'I Gymru!' cyhoeddodd Olaf, Freyja a Gwawr fesul un, cyn yfed sip o lwncdestun i'r famwlad.

Cododd Cai y botel wrth iddi ddychwelyd ato ar ôl bod rownd y tri arall, a gwelodd fod hanner y gwirod ar ôl. Dechreuodd rannu'r gweddill i bawb. 'Fe gadwn ni beth i Gwenda a Gunnar... I Fam Un!' cyhoeddodd, heb dynnu ei lygaid oddi ar Gwawr, cyn i'r llwncdestun barhau ar wefusau'r tri arall yn eu tro.

Yna, roedd Gunnar yn stompio'i ffordd tuag atyn nhw.

'Lle cawsoch chi hwnna?!' gwaeddodd yn flin, gan ddyfalu mai Cai ddaeth â'r botel fach gan mai fe oedd yn ei phasio o un i'r llall.

'Fi...' dechreuodd Cai, cyn i Gunnar dywallt ei gerydd tuag ato.

'Ie! Wrth gwrs mai *ti* fydde wedi dod ag e. Ma alcohol wedi'i wahardd,' bytheiriodd.

'Ar yr Ynys...' dechreuodd Olaf yn amddiffynnol.

'Ac yma!' cyhoeddodd Gunnar, heb adael i neb ddadlau.

Ond roedd Gwenda bellach yn sefyll wrth ei ymyl. 'Go brin y galli di ddweud hynny,' meddai'n dawel. 'I beth wyt ti'n neud cymaint o ffys a ffwdan am ychydig ddiferion? Pryd wyt ti'n mynd i fadde i Cai?'

Syllai gweddill y criw arni, prin yn credu eu clustiau wrth iddynt ei chlywed yn meiddio herio awdurdod Gunnar. Roedd hwnnw wedi cochi hyd fôn ei glustiau, ac yn anadlu'n drwm.

'Do's neb yn haeddu ca'l ei drin fel rwyt ti'n trin y crwt,' parhaodd Gwenda. 'Rho'r gore iddi, er mwyn dyn, cyn i ti'n hala ni i gyd o'n coeau.'

Disgwyliodd Gwawr am y ffrwydrad. Am dair eiliad fel tair awr, arhosodd Gwawr i Gunnar ffurfio'r bregeth, y floedd, y cerydd a ddôi.

Ond ddaeth 'na ddim. Heb yngan gair, trodd Gunnar ar ei sawdl a cherdded ymaith.

'Gadwch iddo fe,' meddai Gwenda, gan estyn ei llaw am y botel gan Cai. 'Fe ddaw e'n ôl a'i gynffon rhwng ei goese pan fydd e wedi tawelu tamed bach.'

*

Gwyliodd Gwawr yr haul yn plygu tuag at y gorwel a thynnodd ei gwasgod croen ci dros ei hysgwyddau rhag y naws oerach wrth i'r haul golli'i rym. Doedd Gunnar ddim wedi dod yn ei ôl.

Doedd neb wedi yngan gair o bryder yn ei gylch am rai oriau wedi'r llwncdestun a'r pryd o dafod tawel a gafodd e gan Gwenda, ond roedd yr awyrgylch wedi diflasu cryn dipyn ers hynny. Ni allai'r criw symud ymlaen heb Gunnar, felly rhaid oedd codi'r pebyll yno, ar y ffin, er y gallen nhw fod wedi cerdded rai milltiroedd ymhellach cyn rhoi'r gorau iddi am y diwrnod.

'Fydde hi'n syniad i rywun fynd i weld lle mae e?' holodd Olaf yn y diwedd, gan roi llais i'r hyn oedd ym meddyliau pob un ohonyn nhw.

'Fe ddaw e'n ei ôl cyn nos,' meddai Gwenda, gan fwydo'r tân bach roedd hi wedi'i gynnau. 'Dyw e ddim yn ffŵl.'

Mae tymer yn gallu gwneud ffŵl o'r doetha, meddyliodd Gwawr. Tymer, neu bwdu. Un da am bwdu oedd Gunnar.

'Dwi ddim am fynd,' meddai Freyja. 'Neith les iddo fe feddwl am bethe.'

Cododd Cai ar ei draed. 'Fi ddyle fynd,' cyhoeddodd. 'Fi yw achos hyn.'

'Ddweden i mo hynny,' meddai Olaf. 'Bydde Gunnar wedi cymryd yn erbyn un ohonon ni taset ti ddim yma. Ti'n neud ffafr â'r gweddill ohonon ni felly. A tase fe ar ben ei hunan, bydde fe wedi cwmpo mas 'da'i gysgod,' ychwanegodd.

'Awn ni'n dau,' meddai Gwawr, a chodi at Cai. 'Hyd nes bydd yr haul wedi cyffwrdd y tir. Fe fyddwn ni 'nôl erbyn hynny.'

Ceisiodd Gwenda ddadlau, ond roedd Cai a Gwawr yn benderfynol. Gorau po gynta y cawn ni heddwch a chymod, meddyliodd Gwawr, i ni gael cyrraedd Aberystwyth.

Estynnodd Freyja dortsh weindio i'r ddau a'u rhybuddio i fod yn ofalus. Cynigiodd ei phicell i Cai ond gwrthododd ei chymryd.

'Fydde gyda fi ddim syniad sut i'w defnyddio hi,'

chwarddodd. 'Bydden i'n siŵr o bicellu un o 'nhraed 'yn hunan.'

Anelodd y ddau i'r cyfeiriad yr aeth Gunnar iddo, ar hyd llethr eithinog tuag at ddyffryn coediog wrth odre'r bryn. Aeth hi gryn dipyn yn dywyllach wrth iddyn nhw gerdded drwy'r coed, a brwydrai pelydrau'r haul i dorri drwy'r dail a'u cyrraedd.

'Gunnar!' bloeddiai Cai bob deg cam, a dechreuodd Gwawr wneud yr un peth.

Bu'r ddau'n cerdded am amser, a chodi i fryncyn bach yng nghanol y coed i gael gweld yn well.

'Does dim llawer ar ôl yn yr haul,' rhybuddiodd Gwawr wrth edrych tua mynyddoedd y Canolbarth tua'r gorllewin. 'Bydd rhaid i ni roi'r gore iddi, a gobeithio daw e'n ôl yn y nos.'

'Gad i ni gerdded ychydig rhagor,' meddai Cai, yn aflonydd yn ei groen. 'Allwn ni ddim o'i ad'el e.'

Yna, roedd Gwawr wedi'i weld: ffurf dyn ar y gorwel, ar fraich y bryn gyferbyn.

''Co fe!' gwaeddodd. 'Gunnar! Gunnar! Fan hyn!'

Ond roedd e'n rhy bell i allu clywed, mae'n rhaid, gan nad arhosodd, na throi i'w cyfeiriad. Gallen nhw ei weld yn cerdded ar y grib, yn anelu'n fwy i'r gogledd o'r fan lle roedd y pebyll: rhaid ei fod wedi colli'i ffordd.

'Dere!' gwaeddodd Cai arni, a rhedeg i gyfeiriad y bryn. Arhosodd ymhen munud neu ddwy i weiddi, a gwelodd Gwawr y silwét rhyngddyn nhw a'r haul yn oedi, yna'n ailfeddwl a cherdded yn ei flaen. Gwaeddodd Gwawr y tro hwn.

'Gunnar!'

Trodd y ffigur a'u gweld yn rhedeg tuag ato ar hyd y llethr o waelod y dyffryn lle roedd y tyfiant yn llai dwys.

Rhaid oedd croesi nant fach cyn ei gyrraedd. Ceisiodd Cai ganfod cerrig croesi, ond bu'n rhaid i'r ddau gamu drwy'r dŵr hyd at eu pengliniau.

Wrth ddod allan, fe glywson nhw waedd.

'Cer o 'ma!'

Tybiodd Gwawr am hanner eiliad mai ar Cai roedd Gunnar yn gweiddi, ond sylweddolodd ar yr un amrantiad fod ci wedi ymddangos. Anferth o gi mawr brown rhyngddyn nhw a Gunnar, yn ei gornelu, rai troedfeddi'n unig oddi wrtho, a'i safn yn diferu wrth iddo chwyrnu'n hyll drwy ysgyrnygiad ei ddannedd miniog. Lled-gyrcydai, yn gwylio Gunnar, ei ysgwyddau wedi'u gostwng, yn barod i lamu. O lathenni i ffwrdd, gallai Gwawr deimlo'r ofn yn rhaeadru drwy Gunnar.

'Cer 'nôl,' sibrydodd Cai drwy ei ddannedd wrth Gwawr, heb dynnu ei lygaid oddi ar y ci. 'Cer 'nôl drwy'r nant, mor bell ag y galli di, o'r golwg…'

'A tithe…' meddai Gwawr, gan deimlo'r chwys ar ei gwar. Dechreuodd gamu wysg ei chefn tuag at y nant.

Ond doedd Cai ddim yn ei dilyn. Daliai i wylio'r ci yn gwylio Gunnar. Difarai Gwawr ei henaid nad oedden nhw wedi dod â'r bicell roedd Freyja wedi'i chynnig iddyn nhw.

Dechreuodd Gunnar weiddi ar y ci gwyllt, yn y gobaith y gallai godi ofn arno. Roedd e wedi gwneud dwrn o'i ddwylo, fel pe bai hynny'n debygol o ddwyn perswâd ar y ci i gilio.

Gostyngodd y ci ei ysgwyddau'n is a gwyddai Gwawr ei bod hi ar ben ar Gunnar.

Yr eiliad nesaf roedd y ci wedi llamu at Gunnar, wedi'i lorio â'i bwysau. Ceisiodd Gunnar amddiffyn ei hun â'i freichiau, a suddodd dannedd blaen y ci i'r cnawd cyhyrog uwchben ei benelin. Clywodd Gwawr y sgrech wrth iddi gamu i'r dŵr.

Cododd Cai garreg o lan y nant, un a lenwai ei law gref, a llamu tuag at y ci. Trawodd ben yr anifail, a chlywodd Gwawr yr udo'n bygwth ffrwydro ei phen hithau. Trodd y ci i ymosod ar y sawl a'i bygythiodd, a throi ei ben ar dro i osgoi'r garreg yn llaw Cai. Disgynnai gwaed o'i arlais lle roedd y garreg wedi'i daro, ond ni tharfai hynny arno: anelodd ei safn am y fraich â'r garreg ynddi.

Ond roedd braich Cai wedi symud a llwyddodd i daro'r ci o gyfeiriad arall, yn ei ffroen, nes bod ei waed yn pistyllu dros y ddau ohonynt. Roedd sŵn ei chwyrnu bellach fel sŵn llusgo cwch dros gerrig traeth, a'i chwythu yn taflu diferion gwaed dros Gunnar, a geisiai godi ar ei draed o ffordd y ci ynfyd.

Gwelodd Gwawr y ci'n crynhoi nerth yn ei goesau ôl i lamu, â'i ddannedd at wddf Cai, i'w ddifa.

Yna roedd llaw Cai â'r garreg ynddi wedi pledu pen y ci unwaith eto, nes ei fod yn gwegian ar ei draed. Trawodd Cai y penglog eto, a saethodd y gwaed dros ei freichiau. Ond nid ildiodd Cai. Tarodd y ci eto, ac eto wedyn, nes bod yr anifail yn simsanu. Dôi sŵn annaearol o'i safn, rhyw ymgais i udo, ond bod y gwaed yn ei lwnc yn gwneud iddo swnio fel pe bai'n boddi.

Disgynnodd y ci. Daliai i wneud sŵn, ond roedd sŵn anadlu trwm Gunnar a Cai yn uwch na sŵn y bwystfil bellach.

Daeth Gwawr tuag atyn nhw o'r afon wrth i Cai ddod â'r garreg i lawr yn drwm am y tro olaf ar benglog y ci i'w roi allan o'i boen. Clywodd Gwawr esgyrn y pen yn chwalu.

Gafaelodd yn dynn yn Cai, heb boeni am yr holl waed oedd drosto. Ceisiodd Gunnar godi oddi ar ei bedwar: roedd ei fraich yn gwaedu'n ddrwg.

'Dere weld...' meddai Cai wedi iddo gael ei wynt ato. Anelodd at Gunnar, a Gwawr wrth ei sodlau.

Roedd wyneb Gunnar yn wyn fel y galchen o dan yr holl waed, a'i ddillad yn glynu'n wlyb amdano. Estynnodd Gwawr i godi llawes y fraich roedd y ci wedi'i chnoi. Rhaid bod y boen yn annaearol, ond ni ddaeth ebwch gan Gunnar. Roedd fel pe bai'r nerth i fynegi poen wedi ei adael. Gwelodd Cai a Gwawr fod braich Gunnar bron â bod wedi'i rhwygo o'i bôn: asgwrn yn unig a'i daliai yn ei lle. Ceisiodd Gwawr sychu'r gwaed i weld yn well. Tynnodd y rhwymyn a ddaliai ei gwallt a'i glymu'n dynn am ysgwydd Gunnar, uwchben y clwyf, i geisio atal y gwaedu.

'Allwn ni ddim oedi, fe alle fod rhagor o gŵn,' meddai Cai, a mynd ati i godi Gunnar yn ei freichiau.

Er mai dyn cymharol fyr – lwmp o gyhyr pur heb owns o bwysau gwastraff – oedd Gunnar, roedd ei bwysau'n ormod i Cai ar ei ben ei hun. Gafaelodd Gwawr yn ei goesau, ac yn araf bach fe lwyddodd y tri i groesi'r afon fechan a dechrau gwneud eu ffordd yn ôl at y lleill.

'Fyddwn ni fawr o dro,' ceisiodd Gwawr gysuro Gunnar,

a'i hanadl yn drwm o dan ei bwysau. 'Fe fydd gan Gwenda rwyme...'

'Cai...' Dechreuodd Gunnar siarad pan oedden nhw wedi dod i olwg y pebyll. Gallai Gwawr deimlo'r ymdrech ynddo i gael y geiriau allan. 'Diolch am... achub... 'y mywyd i.'

'Cadw dy nerth,' meddai Cai wrtho. 'Ry'n ni bron yna...'

21

Cododd Freyja ei phen wrth eu gweld yn nesu. Gwelodd Gwawr ei braw wrth iddi eu gweld, a'r eiliad nesaf roedd hi'n rhedeg atyn nhw i'w helpu. Daeth Gwenda allan o un o'r pebyll wrth iddi hithau eu clywed.

Gosododd Cai Gunnar i orwedd ar garthen yn agos at y tân. Edrychai'n fwy gwelw byth yng ngolau'r fflamau, ac roedd ei lygaid ar gau. Daeth Gwenda ato i archwilio'r clwyf. Gwyliodd Gwawr hi'n tynnu'r rhwymyn yn ofalus. Gwelodd wyneb Gwenda'n gwingo wrth iddi weld pa mor ddrwg oedd anaf Gunnar.

'Dŵr!' gorchmynnodd, a rhuthrodd Gwawr i estyn ei chostrel er mwyn arllwys ei chynnwys i fowlen bren. Estynnodd y lliain glân a olchwyd ganddi yn yr afon y prynhawn hwnnw i Gwenda. Daeth Olaf i'r golwg o rywle, ac atal ei dafod yn syth wrth weld yr olwg ar Gunnar.

'Ci,' dechreuodd Cai egluro.

'Gnoiodd e ti hefyd?' holodd Olaf wrth weld yr holl waed ar Cai.

'Naddo, dim ond Gunnar,' atebodd Cai, gan blygu wrth ymyl Gwenda. 'Gunnar,' plediodd. 'Gunnar, agor dy lyged!'

Daeth ebwch gwan o gyfeiriad Gunnar wrth iddo geisio ateb, ac agorodd ei lygaid rywfaint. Teimlodd Gwawr rywbeth yn rhoi ynddi wrth weld y gwendid ynddyn nhw, yr ymdrech i gadw'n effro, i aros yn ymwybodol.

Ailosododd Gwenda'r rhwymyn, a golchi'r clwyf. Gosododd Olaf flanced yn glustog o dan ben Gunnar, ac un arall drosto. Gorweddodd Freyja wrth ei gefn a'i ddal yn ei breichiau i'w gadw'n gynnes.

'Allwn ni ddim neud rhagor,' meddai Gwenda'n dawel, ac roedd dweud hynny fel pe bai'n cadarnhau rhyw sylweddoliad ynddi. Tynnodd ei llaw dros ei harlais. Gwasgodd Gwawr ei llaw arall: roedd Gwenda wedi gwneud popeth a allai.

Bwydodd Olaf y tân ac yno y buon nhw, yn gwylio Gunnar, a Freyja'n gafael amdano, gan fwmian alaw Norwyaidd o dan ei gwynt. Hynny, a chlecian y coed yn llosgi, oedd yr unig synau.

Ac felly y bu, tan rywdro yng nghanol y nos, pan agorodd Gunnar ei lygaid.

'Gunnar…?' sibrydodd Gwawr.

Yna roedd e wedi'u cau eto. Gwasgodd Freyja'n dynnach ato i geisio'i gadw gyda hi, ond gwelodd y lleill ei gorff yn rhoi, yn ildio, yn ymollwng i freichiau rhywbeth arall.

*

Gosododd Olaf garreg wen ar ben y twmpath pridd i nodi'r fan. Holltodd Freyja gangen er mwyn cerfio 'Gunnar' arni i'w gosod ger y garreg. Safodd y pump uwchben y bedd a gafael yn nwylo'i gilydd.

'Ddaear hen, cymer gorff ein brawd,' meddai Gwenda, gan ailadrodd hen eiriau defod gladdu'r Ynyswyr. 'I ti ei ailffurfio'n fywyd arall o'th grombil tragwyddol.'

'O't ti'n gallu bod yn hen gythrel pigog ar adege,' meddai Olaf drwy ei ddagrau, 'ond ar y cyfan fe fydde'n well 'da fi dy ga'l di wrth 'yn ochor i.'

Roedd hi'n brynhawn arnyn nhw'n gadael Gunnar wrth Glawdd Offa, yn naear Cymru.

*

Wrth garreg ar ben uchaf y dyffryn ar ôl dringo o hen olion pentref Llangurig, fe welodd y criw o'r Ynys Fae Ceredigion am y tro cyntaf. Mynyddoedd Pumlumon fel carped melyn o'u blaenau, y môr yn y pellter yn eu gwahodd, a diwrnod o gerdded ar ôl.

Y noson honno, wrth y tân, roedden nhw wedi dechrau siarad eto. Tawel iawn fu'r cerdded ar ôl claddu Gunnar, a phawb ar goll yn eu meddyliau. Ond o flaen y tân y noson wedyn roedd eu tafodau wedi dechrau llacio.

'Gunnar wnaeth 'y nysgu i i hwylio,' meddai Gwenda. 'Pan o'n i'n ferch fach, a fe'n fachgen ifanc.'

'Oedd e'r un mor ddifrifol yn y dyddie 'ny?' holodd Olaf dan wenu.

'Oedd,' gwenodd Gwenda. 'Yn gyfan gwbwl o ddifri am bob dim.'

'Lwcus ei fod e,' meddai Cai'n ddistaw. 'Fydden ni byth wedi cyrraedd fan hyn fel arall.'

Poenai Gwawr am Cai. Doedd e ddim wedi agor ei geg nac ymateb o gwbl i ddim a ddywedodd y lleill drwy'r dydd. Poenai ei fod e'n methu dod dros beth ddigwyddodd i Gunnar. Rhoddodd ei llaw ar ei ysgwydd, ond ysgydwodd Cai hi'n rhydd.

'Paid,' meddai'n ddistaw ond yn bendant.

'Beth sy'n bod?' gofynnodd Gwawr. Ond ni chafodd ateb.

Roedd Freyja wedi dechrau canu cân Mam Un am Gymru yn ddistaw iddi hi ei hun – yr un roedd hi wedi ei chofnodi yn y Dyddiadur, a'r un a ddysgodd i blant y bobl gyntaf. Estynnodd Gwenda ei chwiban i ymuno â hi, ac ymunodd Gwawr ac Olaf i ganu'r geiriau cyfarwydd – 'Er gwaetha pawb a phopeth, ry'n ni yma o hyd.'

Doedd 'na fawr o ysbryd yn eu canu, ond roedd y geiriau'n eu cynnal ar ôl digwyddiadau erchyll y diwrnod cynt. Byddai Gunnar ei hun wedi cymeradwyo'r canu fel modd o feithrin ysbryd y garfan a chadw'r ffocws ar y nod.

Ond fe gododd Cai ar ei draed ar ôl munud neu ddwy a cherdded oddi wrthynt. Ystyriodd Gwawr ei ddilyn yn syth, ond gadawodd iddo am ychydig: daeth y gân i ben.

'Fe gafodd e 'sgytwad,' ceisiodd Gwenda egluro i Gwawr. 'Mae'n ddigon naturiol ei fod e'n cael trafferth dod i delere â'r peth.'

'Fe gafon ni i gyd 'sgytwad,' meddai Gwawr, a chodi i fynd ar ôl Cai.

Roedd e'n eistedd ym môn hen wal gerrig a arferai nodi terfyn cae. Eisteddodd Gwawr wrth ei ymyl.

'Fe 'nest ti bopeth y gallet ti,' meddai wrtho.

'Popeth y gallen i. Do,' meddai Cai'n chwerw. 'Popeth ond cymryd y bicell gan Freyja.'

Dyna oedd yn ei boeni.

'Pe baet ti wedi'i chymryd hi, go brin y byddet ti wedi llwyddo i ladd y ci 'na cyn iddo fe gnoi Gunnar.'

Ebychodd Cai'n amheus. Gadawodd Gwawr i'r tawelwch ategu ei geiriau'n well nag y gwnâi unrhyw ddadlau.

'Dere,' meddai, ymhen hir a hwyr. 'Ma 'da ni ddiwrnod mawr o'n blaene fory.'

*

Ar ei phen ei hun roedd Gwawr pan welodd hi e'n hofran uwch ei phen. Newydd fod yn gwneud dŵr y tu ôl i garreg fawr wrth gefn y ddwy babell oedd hi. Arllwysai'r haul ei belydrau i lawr ar hyd rhan olaf eu siwrne tuag at y môr, gan daenu aur dros y wlad i gyd. Bron na allai gadw ei hun rhag gwenu'n llydan ar yr olygfa, ar y diwrnod bendigedig o'i blaen fel map ar y tir, neu garthen aur o groeso rhyngddi a'r môr yn y pellter.

Ac fe sychodd y wên oddi ar ei hwyneb gan mor annisgwyl ydoedd, a'i llenwi ag arswyd ar amrantiad, ac am eiliadau wedyn cyn iddo droi'n rhywbeth arall, wrth iddi lyncu'r hyn a welai – ar ymylon ei golwg yn gyntaf, ond ymhen hanner eiliad yn llenwi ei holl ymwybyddiaeth.

Hofranai, hedfanai, ysgubai'r nen, yn osgeiddig fel pysgodyn drwy ddŵr. Cynhaliai ei hun ar adain y gwynt, fel deilen fawr, fawr, fel gwyrth, fel dim a welsai erioed o'r blaen.

Ni allai Gwawr gredu ei llygaid.

Ei led yn hyd person, dwy adain fel dwy fraich enfawr, ond *i fyny* yno! I fyny ymhell, fry yn y glas, yn fod mawr coch, heb gyswllt â'r ddaear, a'i gynffon fforchiog yn prin droi, prin symud, fel llyw ar gwch, i'w yrru ffordd yma, ffordd acw, drwy'r nen, fry, fry o afael, o gyffwrdd dim na neb, mor ysgafn, mor osgeiddig, mor berffaith.

Dyma yw aderyn, meddai wrthi ei hun heb dynnu ei llygaid oddi arno.

Yna, cofiodd am y lleill.

'Cai!' gwaeddodd, ond heb floeddio'n rhy uchel chwaith, rhag dychryn yr aderyn ym mhellafion yr awyr. 'Cai, 'drycha!'

Gwenda ymddangosodd yn gyntaf, mae'n rhaid, gan i Gwawr – â'i phen yn ôl a'i llygaid wedi'u hoelio ar y wyrth – adnabod ei llais:

'Barcud coch!' ebychodd.

Yna, roedd yr aderyn yn plymio fel dart i'r ddaear. Llamodd calon Gwawr am yr eildro mewn eiliadau…

'Dala llyg mae e,' meddai Gwenda.

A gwelodd Gwawr yr aderyn i lawr yn y dyffryn o'i blaen, a'r haul yn cochi ei blu wrth iddo anelu tuag at y môr, fel pe bai'n marcio'u llwybr iddyn nhw.

Pe bai hi'n credu mewn ysbrydion, byddai wedi tyngu mai ysbryd Gunnar oedd y barcud, yn dal i'w harwain hyd ddiwedd y daith.

'Cymaint mwy na gwylan,' meddai Gwenda, a oedd wedi gweld gwylanod ar ei thaith i Norwy. 'Rhaid bod adar yma

wedi'r cyfan. Rhai mawr, ta beth. Barcud coch... fe weles i
lunie, y gynffon fforchiog 'na...' Nid Gwawr yn unig oedd
wedi'i chyfareddu.

'Ti'n iawn?' Roedd Cai wedi dod o'i babell ac yn cerdded
tuag ati'n boenus ei olwg.

A dyna pryd y sylweddolodd Gwawr fod ei hwyneb yn
wlyb gan ddagrau.

*

Rhedodd Gwawr yn ei blaen wrth iddyn nhw fustachu'n
lluddiedig ar hyd olion yr hen ffordd at ben y bryn olaf. Fe
wyddai, o fod wedi darllen a darllen y darnau yn y Dyddiadur
lle roedd Mam Un yn sôn am ei chartref, mai ychydig oedd ar
ôl o'u taith. Methai gadw ei chynnwrf dan gaead. Teimlai fel
pe bai hi'n nabod y lle hwn, wedi ei fyw o'r blaen, ac roedd hi
mewn ffordd: yn ei genynnau, roedd hi wedi bod yma, wedi
byw'r fan hon. A thrwy'r Dyddiadur, roedd e'n gartref iddi
hithau fel roedd e wedi bod yn gartref i Mam Un.

*Herc, cam a naid o ben Rhiw Siôn Sa'r, a dyna fe – hi – tref
Aberystwyth. Yn gorwedd o'ch blaen chi fel mat 'Croeso' wrth y
drws o'r môr. Fyddwch chi ddim yn disgwyl ei gweld hi, y dref
hardd hon; fe fyddwch chi'n taro arni ar ôl dringo'r rhiw, a dim
byd ond mynyddoedd a bryniau y tu ôl i chi, ond fe laniwch chi
arni o ben y rhiw, ac fe ewch chi lawr ati, i ganol ei disgleirdeb
yn wincio arnoch chi, fel y môr.*

Bron nad oedd Gwawr wedi rhoi'r geiriau ar ei chof.

'Hei! Aros amdana i,' galwodd Cai ar ei hôl.

Arafodd Gwawr, a throi. Gorau po fwyaf o amynedd y gallai ei fwstro, iddi gael sawru holl bleser cyrraedd. Wrth aros amdanyn nhw i gyd, fe sylwodd am y tro cyntaf gymaint roedd y Daith wedi dweud arnyn nhw: roedd y blewiach gwyn yng ngwallt Gwenda yn llawer mwy amlwg nag oedden nhw cyn iddyn nhw ddechrau, a'r llinellau straen yn ddyfnach o gwmpas ei llygaid. Hongiai gwallt Freyja yn gaglau uwch ei llygaid, a châi waith dal i fyny â'r lleill ar adegau. Ac er fod ei gerddediad yn sioncach ar y diwrnod olaf, roedd Cai hyd yn oed yn edrych fel pe bai wedi ymlâdd bellach.

Olaf yn unig oedd yn debyg i sut roedd e pan ddechreuon nhw. Doedd dim pall ar ei egni – egni ei goesau na'i dafod.

'Gobeithio fydd hyn werth e,' meddai. 'Fel arall, dwi'n troi rownd a mynd gatre.'

Daeth Cai tuag ati, ac arhosodd Gwawr i'r lleill eu cyrraedd hefyd, ond roedd Gwenda'n dal yn ôl.

'Ewch chi'ch dau gynta,' meddai. 'Y ddau ifanc. Chi yw'r dyfodol.'

Ac felly y bu i Gwawr a Cai gerdded law yn llaw i ben y rhiw ac allan heibio i'r coed ifanc a dyfai yno, cyn dod i olwg Bae Ceredigion yn dawnsio yn yr haul.

Gorweddai tref Aberystwyth yn wyrdd oddi tanyn nhw, dan drwch o lystyfiant, ond yn amlwg ei ffurfiau hefyd. Gwthiai ambell do i'r golwg drwy'r planhigion, ambell gornel adeilad, ambell wal goncrid. Doedd dim ffenestri'n disgleirio, fel roedd Mam Un wedi'i ddweud, ond doedd hynny ddim yn amharu gronyn ar y darlun o'r dref, yn gorwedd yno, i'w croesawu i'w choflaid.

22

ROEDDEN NHW WEDI gosod eu pebyll hanner ffordd i lawr Rhiw Penglais, ar lain o dir gweddol agored a arferai berthyn i'r Brifysgol – hen gae chwarae. Roedd Gwawr ar dân am fynd i chwilota ar unwaith, cyn i'r haul ymollwng i'r môr.

'Fe awn ni'n grwpiau o ddau,' meddai Gwenda.

Trefnodd ei bod hi a Freyja yn mynd i hela er mwyn dechrau adeiladu storfa o fwyd. Roedd Olaf i weld beth a welai o fewn golwg i'r pebyll, gan gadw'n agos atyn nhw rhag i gŵn ysbeilio'u heiddo a'u stôr o fwyd. Gallai fynd i olwg hen adeilad y Llyfrgell Genedlaethol gerllaw. Ac roedd Cai a Gwawr i fynd i lawr i'r dref ei hun i'w harchwilio.

Roedd hi'n syndod gymaint oedd yn dal yn gyfan. Er bod gwreiddiau'r coed wedi codi'r ffordd a'r pafin dan haen o bridd, roedd rhai o'r adeiladau'n rhyfeddol o gadarn o hyd. Hongiai drysau ar agor, ond roedd un neu ddau wedi aros yn eu lle, ac ambell ffenest hefyd.

Daethant at y môr, a throdd Gwawr i edrych ar y bryn bychan a gaeai'r dref i mewn ar ei hochr ogleddol: ai hwn oedd y Consti yn nyddiadur Mam Un?

'Dere!' galwodd ar Cai, ac anelu am y bryn. Er gwaethaf y coed oedd wedi tyfu yn y dref, roedd y bryn yn gymharol rydd o dyfiant, a hawdd y gallai Gwawr ddeall bod y llwybr i'w gopa wedi aros yr un fath ers canrif neu fwy. Ymhen chwarter awr roedd y ddau ar ben y bryn yn edrych allan dros y môr.

Edrychodd Gwawr at y gorwel i'r ddau gyfeiriad: 'Eryri…' amneidiodd at y mynyddoedd yn y pellter, cyn troi i wynebu'r mynyddoedd a welai ymhell i'r de. 'A'r Preselau?'

Dyma fi yn y fan lle roedd hi, meddyliodd, a chododd ias drwy ei hymysgaroedd.

'Ti'n iawn?' Roedd Cai wedi gafael am ei hysgwydd.

Nodiodd hithau, a mentro siarad, er y gwyddai na fyddai'n gallu cuddio'i theimladau wrth wneud.

'Yn berffaith iawn,' meddai'n gryg, a gadael iddo ei thynnu i'w gesail.

Tynnodd y garreg o'i phoced, a disgynnodd deigryn arni. Sychodd Cai y garreg â blaen ei fys.

'Ddwedodd Mam-gu wrtha i am fynd â hi'n ôl i'r traeth o lle doth hi, lawr fan'na.'

'Dal dy afael arni am ychydig,' meddai Cai. 'Rhag ofn ei bod hi'n dod â lwc i ni.'

Gwenodd Gwawr drwy ei dagrau a chusanu'r garreg.

'Diolch, Mam Un,' sibrydodd wrthi.

*

Newydd ddod i lawr yn eu holau roedden nhw pan welsant Olaf yn rhedeg tuag atyn nhw a'i wynt yn ei ddwrn. Bu bron iddo faglu dros ddarn o goncrid a wthiai i fyny o'r ffordd.

'Ma 'na bobol wedi bod 'ma.'

Pa nonsens mae hwn yn ei raffu nawr? meddyliodd Gwawr.

'Wel, oes,' meddai. 'Mam Un, a rhai degau o filoedd o bobol eraill dros y canrifoedd.'

'Na, na, ti'm yn deall,' meddai Olaf, yn brin ei anadl. 'Ma Gwenda wedi dod o hyd i olion. Tân. Sbwrielach bwyd…'

'Anifeiliaid…' dechreuodd Cai resymu, gan nad oedd unrhyw esboniad arall yn bosib.

'Ers pryd ma anifeiliaid yn gallu cynnau tân?' holodd Olaf yn swta. 'Ma rhywun wedi bod 'ma – yn y mis dwetha.'

Am restr gyflawn o lyfrau'r Lolfa, mynnwch
gopi am ddim o'n catalog
neu hwyliwch i mewn i'n gwefan

www.ylolfa.com

lle gallwch archebu llyfrau ar-lein.

TALYBONT CEREDIGION CYMRU SY24 5HE
ebost ylolfa@ylolfa.com
gwefan www.ylolfa.com
ffôn 01970 832 304
ffacs 832 782